野嗓子

野嗓子
——海外演講錄

閻連科

香港城市大學出版社
City University of Hong Kong Press

剪紙：尚愛蘭

國際統一書號：978-962-937-566-9

出版
香港城市大學出版社
香港九龍達之路
香港城市大學
網址：www.cityu.edu.hk/upress
電郵：upress@cityu.edu.hk

With a Wild Voice: Yan Lianke's Collected Overseas Speeches
(in traditional Chinese characters)

ISBN: 978-962-937-566-9

Published by
City University of Hong Kong Press
Tat Chee Avenue
Kowloon, Hong Kong
Website: www.cityu.edu.hk/upress
E-mail: upress@cityu.edu.hk

Printed in Hong Kong

目錄

選集總序

憤恨於自己的寫作與人生

經常懷疑自己的寫作，就是一場尷尬的文學存在。

因為這尷尬是文學與人生中的「一場」，想既是一場，就必有結束或消失的時候。不怕消失，如同任何人都要面對死亡一樣。然而結束卻遲遲不來，是這種尷尬無休無止──這才是最大的尷尬、驚恐和死亡。

香港城市大學出版社，願意出版這套包括我剛剛完成、也從未打算「給予他人審讀」的最新長篇小說《心經》在內的九冊「閻連科海外作品選集」（小說卷 6 冊、演說散文卷 3 冊），讓我感到他們朝殘行者伸去的一雙攙扶的手。可也讓我在恍惚中猛然驚醒到：「你已經有九本在你母語最多的人群被禁止或直接不予出版的書了嗎？！」這個數字使我驚愕與悵然。使我重新堅定地去說那句話：「被禁的並不等於是好書，一切都要回歸到文學的審美和思考上。」然而我也常呢呢喃喃想，在大陸數十年的當代文學中，一個作家一生的寫作，每本書都毫無爭議、出版順利，是不

是也是一個問題呢？我總以為，中國的開放，永遠是關着一扇窗，開着另外一扇窗；一切歷史的變動，都是在嘗試把哪扇窗子開的再大些，哪扇關的再小些。永遠的出版有問題，但如我這麼多地「被禁止」、「被爭論」，自然也是要駐足反省的寫作吧。

文學能不能超越歷史、現實和那兩扇誰關誰開，關多少、開多少，乃或都關、都開的窗子呢？

當然能。

也必須！

只是自己還沒有。或者你如何努力都沒達到。我並不願意人們用良知和道德去看待我的寫作和言說，一如魯迅倘使還活着，聽到我們說他是「戰士」、是「匕首」，會不會有一種無言之哀傷？「閻連科海外選集」自然是集合了我較為豐富寫作中的「某一類」。這一類，對「外」則是親近、單調的，對「內」則是尖銳卻無法閱讀體味的。但無論如何說，它也是一個作家的側影吧。面對這一側影的呈現和構塑，我異常感謝城大出版社每一位為這套叢書付出心血的人——他們是真正懷有良知的人。而至於我，面對這套書，則更多是尷尬、憂傷和憤恨。

尷尬於自己寫作的尷尬之存在。

憂傷於這種尷尬何時才是一個結束期。

而憤恨，則是憤恨自己深知超越的可能與必然，卻是無論如何都沒有達到那處境界地；而且還如一個溺水的人，愈是掙扎想要超越水面游出來，卻愈要深深地沉溺墜下去。

　　憤恨於自己的寫作和人生，又無力超越或逃離，又不甘就這樣沉溺下去。這就是我今天的人生狀況和寫作狀況吧。除了哀，別無可言說了。

閻連科

2019 年 11 月 29 日於香港科技大學

「烏托邦」籠罩下的個人寫作
—— 在韓國外國語大學的演講

同學們、老師們：

今天演講的題目原定為「中國現實與我的寫作之路」，可「中國現實」是個特別大的話題，我想誰都沒有能力來公正、全面的說清這一點。所以，我想把這個題目縮小一下，叫「烏托邦籠罩下的個人寫作」。

談到「烏托邦」，我想有兩層意義，一是我個人寫作的烏托邦，二是中國歷史與現實的烏托邦。

個人寫作的烏托邦，是因為希望從現實走進寫作中理想的夢境，希望現實中無法實現、無法得到的東西，能在自己的筆下創造出來，通過寫作，實現自己的夢想和希冀。比如，我兒時崇拜我們村長的權利，希望自己長大後能夠當上一個村長，掌握一個村的百姓的「生殺大權」，可這個理想陰差陽錯，沒能實現，我就在我早期的小說中寫了各種各樣村長的形象。寫過一個叫「連科」的鄉村青年，為當村長艱難的奮鬥歷程。對鄉村村長這一形象進行了許多批判、嘲弄和親切的描述。說句實在話，把我真正帶入

中國文壇的，正是我在八十年代中期開始寫作的與村長、權力和家族有關的那批中篇，如《兩程故里》和之後的「瑤溝系列」。後來，我把「瑤溝系列」合編為一部長篇，叫《情感獄》，這本書在中國已多次再版。現在看來，這批中篇，寫的幼稚、笨拙，但卻寫得真情、投入，很感動人，給我贏得了許多讀者，也把所謂「作家」的帽子，贏戴在了我的頭上。現在回憶起來，二十多年前幫我推入文壇的，表面看來是這批小說，實際上，是我個人烏托邦的夢想。如今，我已經對權力感到厭惡和恐懼，你讓我去做一個國家可以說一不二、有些封建專制的一號領導人，我會毫不猶豫；去做一人之下、萬人之上的二號人物，我也會毫不猶豫，但讓我去當一個省長、市長，我一定會再三猶豫，前思後想。為什麼？因為我小的時候，希望在現實中當村長，可在我個人的烏托邦的夢境中，我是想當皇帝的。少年時期，我曾多次在睡眠中做夢，夢到我和毛澤東下棋。和毛澤東下棋並不可怕，可怕、可敬的是在夢中，我把毛給下輸了，他把國家領導人的位置輸給了我。我還夢見過我和清朝還是明朝的皇帝們打賭下象棋，結果一樣是他們輸了，他們把皇帝和宮殿，全都給了我。

同學們，你們想，我的夢境烏托邦是要當皇帝，你現在讓我當省長、市長，我能不猶豫嗎？可是，這當皇帝可能嗎？萬萬不可能。因為不可能，我就在小說中創造和

實踐。比如對愛情的理想烏托邦，對田園的理想烏托邦，對山水的理想烏托邦，對金錢與財富的烏托邦。總之，一切少年的美好欲望，因為不能實現，都成為了我理想的烏托邦，都在我筆下遭到了批判或頌揚，哪怕是批判的不夠深刻和有力，頌揚的有些過分美麗而矯情。就這樣，我就在我的小說中描繪愛情、欲望、權力、金錢、女人、性、河流、土地、田園、房舍，等等等等，或者謳歌，或者鞭打，或者是一種說不明的複雜、扭曲之展現。但是，這時就有一個新的問題出現了：你的小說既是你個人實現或不能實現的烏托邦，那它為什麼會那麼的注重中國的現實和你個人幾乎無關的一些事情呢？為什麼你的小說在形式上雖然個人化，可在內容上會那麼現實化、社會化、荒誕化、寓言化呢？這就關涉到了第二個問題，就是中國歷史的烏托邦和現實的烏托邦。

因為，自己少年時期滿腦子都是個人烏托邦的理想，和同類易聚、同根易親樣，待我長大之後，尤其是經過了十年文革，忽然之間，又跨入了三十年的中國的改革和開放，這就讓你能更切實、親近的體會到了，中國社會的烏托邦性。

原來，新中國的現實和歷史，也是一個烏托邦接着一個烏托邦。

關於新中國歷史，從 1949 年至 1978 年的這三十年時間，社會學家、歷史學家、思想家和哲學家，可以從各種角度去解讀、剖析和述說，但我作為一個從小就充滿烏托邦理想的小說家，其感受就是一句話，那三十年裏，我從出生到長大，充滿着理想烏托邦，而我的親愛的祖國，也和我一樣，和一個幼年的孩子樣，充滿着理想的烏托邦。我的理想是當皇帝，可這個民族的理想是，實現共產主義。和我當不了皇帝一樣，共產主義也不會那麼容易就實現。我為了當「皇帝」，在部隊做過了各樣的事情，荒誕的，可笑的，令人作嘔的。比如，在學雷鋒運動中，我為了獲得領導的表揚，曾經在晚上睡覺時，把連隊的掃把藏在被窩裏，這樣第二天軍號一響，我就可以掃地了；而沒有掃把的戰士，就只能站在邊上看我掃地了。其結果，就是在晚上連長、指導員的評比中，我受到了表揚。受到了表揚，我就「積極」了，就距離提幹、入黨近了那麼一點點。別忘了，你想當「皇帝」，入黨和提幹是一個開始，是萬里長征中的第一步。還必須知道，「學雷鋒」並不單單是「好人好事」，他是社會主義為了實現共產主義的道德積累，是共產主義的道德建設。這就是說，你個人烏托邦的實現之路，必須在新中國烏托邦的實踐中實踐和進行。可是社會的烏托邦，前三十年是實現共產主義，為了實現共產主義，中國認為此付出了沉重的代價，革命、鬥爭、

批判、運動，這中間不知中國死過多少人，流過多少血，有多少無辜的生命，成為了通往共產主義路途邊的墳丘和野草。然而，中國是終於從那個烏托邦的夢境中醒了過來了。開始了改革開放、發展經濟。今天，中國已經改革開放了三十年，經濟上確實蓬蓬勃勃、發展迅速，有錢的人確實過上了「皇帝」的生活，沒錢的人，也確實不會再像「三年大饑荒」那樣活活餓死了。關於中國的富裕，關於中國經濟的強大，關於中國的未來，因為我兒時要做皇帝的理想沒有實現，沒當上皇帝，就沒有可能把握一個國家、一個民族的生死命運了。可是，經過了這三十年，我目睹了這個國家的變化。我為這樣的變化而欣慰。然而，在這種變化中，我隱隱的感覺到，中國人是從一個「烏托邦」中醒來，又走進了另外一個烏托邦。從共產主義烏托邦中退出來，又一步跳進了「資本主義的烏托邦」，陷入了一個新的烏托邦。

這個新的烏托邦所帶來的災難，我以為已經開始在中國社會中顯出端倪。比如近年中國的沙塵暴、大颱風，冬天時南方的大雪災，而北方卻少有飄雪和落雨。九十年代連續出現的大洪水，新世紀頻繁出現的礦難和「黑磚窯」事件，還有什麼非典、禽流感、口蹄疫、手足口病等等……關於這些，我已經談了很多，舉了很多事例。這些事例，從表面看，有許多的「偶然」成分，但把這些「偶

然」合起來時，有沒有必然呢？這種必然和今天中國的飛速發展，和十三億人口的「小康」、「中康」、「大康」的烏托邦夢境，有沒有關係呢？是不是一種新烏托邦夢的病症，在一個民族身上發作的開始呢？

還有人心。可怕的人心。

共產主義烏托邦時期，中國人都有「集體主義」思想。現在，在新的富裕強大的烏托邦的夢境裏，我們只剩下個人私欲主義──

關於新的烏托邦夢境，我想有兩種情況，一是我是杞人憂天；二是大家都還在夢中沒有醒來。在生活中，我希望自己是前者。在寫作中，我注重自己是後者，那怕我看到的是偏面的、錯誤的、偏激的，但它是我個人對這個世界的認知和看法；是我個人面對現實，需要在自己的作品中發出的個人的聲音。這個「個人的」，是寫作中最為重要的。所以，很長一段時間，我的寫作，就一直是在烏托邦籠罩下的個人寫作。我的語言、結構、敍述、故事、人物、形式等等，包括我對現實的認識和寫作態度，寫作立場及文學的表達與追求，其實也就是一句話：

烏托邦籠罩下的個人書寫。

2008 年 2 月 6 日

面對約束的寫作
——在英國「當代中國」文化節的演講

女士們、先生們：

真正的寫作，是一種作家靈魂與情感充分而自由的表達。

在世界範圍內，一切寫作的高度都是作家的靈魂與情感的高度。面對世界，我幾乎是一個「足不出戶」的作家，了解他國、他人的寫作，唯一的渠道就是我有限的漢語閱讀。從我有限的閱讀經驗去看，世界上有一種寫作是因靈魂的自由和想像的力量產生的。以二十世紀為例，因此而廣獲聲譽的作家有卡夫卡（Franz Kafka）、馬奎斯（Gabriel Márquez）、博爾赫斯（Jorge Borges）以及美國的福克納（William Faulkner）、艾略特（Thomas Eliot）、海勒（Joseph Heller）和《在路上》（*On the Road*）的作者凱魯亞克（Jack Kerouac），《嚎叫》（*Howl*）的作者艾倫・金斯堡（Allen Ginsberg）等，在歐洲的有英國的作家伍爾夫（Virginia Woolf）、喬伊斯（James Joyce）、奧威爾（G. Orwell）和詩人狄蘭・托馬斯（Dylan Thomas）等，以及法國的「新

小說」作家群等等。在這二十世紀群星燦爛的文學明星的後邊，我們能列出一長串世界各國偉大的名字，正是他們的寫作，照亮了我們這個星球上二十世紀文學的天空。可是，我們不能忽視的，我們還有另外一種寫作，他們是因為靈魂的約束和想像力被強烈的擠壓之後無可遏制的爆發而產生的寫作。在這一個方面，我所尊敬的作家有俄國的索贊尼辛（Alexander Solzhenitsyn），巴斯特納克（Boris Pasternnak），美國的亨利‧米勒（Henry Miller）的早期創作和由前蘇聯移居美國的納博科夫（Vladimir Nabokov），英國的勞倫斯（Thomas Lawrence）和拉美作家巴爾加斯‧略薩（Mario Llosa）等，在這一系列作家的後面，我們同樣也能列出一串偉大的名字。他們之所以能夠一樣地寫出膾炙人口的傳世之作，正是因為他們所面臨的時代，給他們的靈魂帶來的約束、壓抑和傷害，正是他們被遏制的想像力要衝破約束的爆發，才使他們在暗夜中的寫作獲得了明媚的光輝。

在中國，「文革」十年正是這樣一個黑暗的時期，只可惜在這個年代裏，以及之後的漫長歲月，中國沒有產生上述偉大的作家和作品。而現在，中國實行了三十年的改革開放，經濟高速發展，社會意識領域也基本從那個黑暗的年代裏擺脫出來。就寫作而言，中國作家所面臨的寫作環境，既不是靈魂完全自由的廣闊天空，也不是許多西方

人想像的如十年「文革」那樣的「暗無天日」。中國作家所面臨的寫作環境不是壓迫，不是鐵籠，而是「約束和想像的軟弱」。這種約束和軟弱，在我寫完在中國沒有出版的《為人民服務》後，我深有感觸地體會到它來自三個方面：一是「出版的紀律」；二是作家靈魂的自我束縛；三是作家自身完全喪失了靈魂的爆發力和想像力。就這三方面而言，全世界人所共知，中國今天實行的是社會主義制度。社會主義制度就根本而言，對社會的精神意識有其「社會主義特色」的規範和要求，有對文學必須是什麼樣的建立和要求。因此，它就有了「出版的紀律」。在中國，今天出版界通行的說法是：「寫作有自由，出版有紀律。」以《為人民服務》為例，我必須誠實地說，沒有人不讓我寫《為人民服務》這樣的作品，但出版社的紀律，卻不可以讓這部作品在中國出版。這一事件和二三十年前的寫作與出版，有很大的不同。在那個時候，是完全不讓你寫這樣的作品，更不要說出版這樣的作品，這也包括在海外的翻譯和出版。那時候，即便你在地下偷偷寫了這樣的作品，你也將面臨着生命危險和牢獄之災。而今天，情況不是這樣，而是你可以相對自由地寫作，但你的寫作要面對出版紀律的嚴格約束。我必須誠實地說，《為人民服務》在遭禁之後，我的生活是安定的。我的寫作也還是相對自由的。但部分地發表了《為人民服務》的《花城》雜誌社的領導

和編輯們，卻遭遇了很嚴重的處罰，這讓我感到驚愕與內疚，讓我深感對不起我的這些同仁朋友們。實在說，影響我寫作的不單是「出版的紀律」，還有我寫了「壞作品」，卻給出版和發表這些作品的他人帶來的許多「麻煩」，這使我感到不安和慚愧。也因此，會給我以後的寫作帶來不容小覷的影響。

至此，也就出現了我說的第二個問題：作家靈魂的自我約束。

這種自我約束，是中國文學在今天的世界範圍內，還沒有最偉大的作家和作品的根本原因。必須承認，因為我們一代一代的作家，都在某種或強或弱的約束中寫作，長期如此，十年，二十年，三十年，五十年，包括我在內的中國當代作家，因為長期在寫作上的自我約束，終於就自然而然地、水到渠成地大多喪失了自我，喪失了獨立的個性表達，喪失了獨立的思考和獨立的寫作能力，也形成了無意識的思想上的「自我審查和管理」。這就如一個長期被封閉的人，因習慣於封閉而不願意走出一樣，如卡夫卡的《飢餓藝術家》（*Ein Hungerkünstler*）中的藝術家，已經習慣了他的饑餓和那個鐵柵籠子，他並不願意走出籠子和那種饑餓的狀態。他已經習慣和適應了呆在那個籠子裏的生活。中國作家在寫作中靈魂的自我約束，也正如這種境況。「不願和適應」，已經成了一代作家的最大敵人。就

我而論，在《為人民服務》之後，是否要徹底地、勇敢地走出某種自我約束的牢籠，成了我很長時間寫作的矛盾，甚至也直接影響到我今天的寫作。老實說，真正約束我寫作的，並不是出版的紀律，而是幾十年來，已經形成的自我約束的思想上的「自我管理」。是那種整整一代、兩代的作家，從出生就開始形成的自我約束的習慣和傳統。而這種自我約束，不光是寫作內容和思想上的約束，還有藝術個性上的追求和創新的約束。從某種程度上說，這種藝術上對寫作個性的自我約束，反過來會影響作家對中國現實的思考和想像，更影響作家內心真實的、自由的書寫和表達。長期如此，這就進一步形成第三個影響寫作的要害，即：因經年累月的自我約束，作家徹底地喪失了來自靈魂的爆發力和想像力。

這種自我約束對作家爆發力和想像力的抹殺，不是突如其來的，不是一夜形成的，而是一點一滴，一朝一日，不知不覺的。這種自我約束對作家爆發力和想像力的自我抹殺，在幾十年的中國現實中，在我的前輩、同輩作家中，比比皆是，枚不勝舉，使我作為一個寫作者，每每想起這些都感到痛惜和扼腕的無奈，也因此使我意識到，來自靈魂的爆發力和想像力，是最能穿透現實和歷史的利刃，是穿越時代列車的發動機。如果喪失了這種爆發力和想像力，你的寫作就只能停留在現實的表層，停留在藝術

的技巧和技倆的技術層面上。這樣的作家和作品，在中國甚多，在其他國家我想也一定存在。而我自己，也有着這樣的創作經歷和許多這樣的作品。必須要說，《為人民服務》不是我創作中最優秀的作品，但它一定是我一生創作中最重要的作品之一。在整個中國文學中，它的不凡之處，就是它來自作家靈魂的爆發力和想像力。是作家穿越現實和歷史獨有的情感表達和描寫，才使作品成為了一隻「報信的飛鷹」。我一點都不為我寫出這樣的作品而驕傲，而為我今後的寫作，能否憑藉我是一個來自中國最底層的百姓而保持一個寫作者的尊嚴和人格而憂慮。

在中國，我是一個長期飽受爭議的作家。從上世紀九十年代初的《夏日落》被禁之後，直到近年來的兩部長篇《為人民服務》和《丁莊夢》連續被查，期間創作的長篇《堅硬如水》和《受活》，至今在中國還不斷地被批評家們批評和爭論。應該說，這些年來，陪伴我走過文學之路的，除了相當一部分可敬的讀者，還有很大一部分就是讀者的口水和意識形態的冬寒與秋涼。但值得慶幸的是，因為中國的改革開放，因為說到底，中國已經不是三十年前的中國。說到底，我的寫作得到了社會和讀者的許多寬容。所以，直到今天，我仍然還在寫作。仍然還有我寫作的自由。這個不斷被封、被查、被批判，卻又仍可寫作的經歷，讓我對我寫作所處的環境，有了更清醒、牢固的認

識，那就是面對你所處的寫作環境和出版紀律，確實會給我的寫作帶來這樣那樣的影響。但是，會給我帶來更大影響的，不是這些，而是我的內心。而是我自己能否堅定、努力地去做一個富有尊嚴的寫作者；而是我的筆尖，能否富有勇氣、智慧和藝術地去肩起闊大的一塊土地的生存困境和良知；而是我作為一個作家，面對中國的現實和歷史，能否有完全獨立、個性的承擔和寫作；而是我是否有能力去衝破我慣有的自我約束和警惕自我的「思想管理」，對我後半生的寫作來自靈魂的想像力和爆發力的自我抹殺和消磨。

2008 年 2 月 29 日

寫作是情感焦慮的結果
—— 在香港城市大學的演講

漂移與穩定

今天在這兒發言，有個限定的題目內容，就是「漂移的城市與文學的進展」。關於漂移，我想對北島來說比較貼切，他這大半生走過世界上太多的城市，似乎每年、每月，都在漂移之中。從而，他不僅擁有了世界上漂移的城市，而且，擁有了我們難以體會的漂移的內心。而我，卻和他恰恰相反，不是漂移，而是太過穩定。

我從小就渴望有一種雲天遊地那樣的「漂移」生活。看安徒生童話時，渴望漂移到丹麥的王宮裏走一走。在那歐洲的古堡和王宮裏，住一些日子，像我兒時走親戚一樣。看《西遊記》時，渴望如孫悟空一樣，一個筋斗十萬八千里，到天宮中走走轉轉，順手牽羊地，從玉帝的桌上拿走一個幡桃，兩塊玉器。想嘗一嘗玉帝吃的桃子，到底和我們的農家毛桃，在味道上有什麼不同。也許，果真吃

了那蟠桃，就會長生不老，也亦未可知。我曾經想，從天宮順手拿來的一件玉器，哪怕是玉帝宮殿裏最不值錢的一件，如掃桌、掃床的刷子的玉把兒，或者蠟燭枱燈的玉座兒，隨便哪一樣，就那麼一件，賣掉就一定夠我們全家吃穿不愁一輩子。就可以讓我、我的父母和姐姐哥哥們，再也不用下地勞動，整日間面朝黃土背朝天，日出而作，日落而息，不分春夏秋冬，不分白天黑夜，無休無止，無所謂開始，也無所謂結束的勞作了。

因此，我夢想漂移，夢想挪動，夢想到大的、現代化的城市裏去。於是，我開始寫作，開始把逃離土地當做我的人生目標。然而，在我寫了三十年的時候，在我差不多要五十歲的時候，我還沒有最終逃離土地。我的寫作還離不開鄉村和生我養我的那塊土地。我還沒有到過丹麥的王宮，也沒有到過《西遊記》中給予我們東方人描繪的那座開闊無比，又到處充滿着寶器和玉光的天宮。現在，我不僅年齡已是五十歲的中年，而且，身體又不是太好，父親早已離開了這個世界，母親也已七十多歲，身體也不像城裏人那樣健健康康，七十歲、八十歲、九十歲還可以每天早晨到公園裏練劍和打太極拳。

現在，我已經認定，我不屬於「漂移」，我只屬於「穩定」。我的命運，只讓我穩定，而不讓我四處走動，夢想成真，想到哪裏，就到哪裏，想擁有什麼，就擁有什麼。

我不像北島那樣在全世界上四處漂流（流亡），經多見廣，同時因為這些，內心也跟着漂移苦痛和愁思。但我不擁有這些漂移的世界，卻擁有一個穩定的鄉村，擁有一塊在我心中貧脊而又肥沃、落後而又可以嚮往文明，封閉、封建卻可以望見現代化的許多繁榮和現代化的許多災難場景的土地。那塊土地是我寫作的文學平台，也是我瞭望世界的一塊高台。站在那塊土地上，我可以看見紐約、倫敦、巴黎和香港，看到台灣和澳門。在那兒，稍一低下頭，眼皮向下眨一下，就看到了那塊土地上的山川、河流、樹木、莊稼和村落。在那塊土地上，我扭頭向左，是一望無際、又靠天吃飯、旱澇不保的田地。我扭頭向右，是埋着我無數祖先和親人一片連着一片的墳地。向前，是活着的人們；向後，是死去的人們。當我的寫作，稍稍感到枯竭之時，我坐一夜火車，回到那塊土地上去，回到我老家那座鄉村的宅院，白天吃着我母親給我燒的我兒時愛吃的蒜汁麵條；晚上，和我母親睡在一個屋裏，聽她聊着五年前、甚至十年前都已經給我說過的鄉村的男婚女嫁，生老病死，聊着左鄰右舍誰家的兒子孝順之至，誰家的兒媳大罵婆婆，如此等等，豐收欠收，鍋碗瓢勺，講這些鄉村的雞零狗碎，婆婆媽媽，直到天將亮時，雞叫三遍或者五遍後，我們母子才會在模糊中閉上眼睛，非常香甜的睡去。

有了這一夜的嘮叨，就有了我一年、二年，三年五年取之不竭的寫作之源。回到北京之後，我就恍然大悟，如佛教中的頓悟一般，剎那間明白了一條寫作的真理。原來母親告訴我那麼多的事情，反反覆覆，喋喋不休，其實正是在告訴我這個真理。這個真理就是 —— 我家鄉的那個村落，就是整個的世界。就是一個完整的中國。我們村的村長，就是我們中國的國家領導人；我們村頭那條已經幾近乾枯的河流，就是中國的黃河、長江，就是鴨綠江和西藏、青海的湖泊和瀑布；我們村後的荒坡、丘嶺，其實就是世界的第一高峰喜馬拉雅山；那條跑着山羊綿羊的野溝，就是中國的三峽，就是世界上的第一大峽谷。

事情沒有那麼複雜，也沒有那麼遙遠。我那有着六千人口的故鄉村落，其實就是中華人民共和國。村長就是皇帝。百姓就是臣民。村民小組和村頭的飯場，就是省、市和省會大都市中的繁華廣場。也許，我可以把小者說大，反之也就可以把大者化小。我可以把世界濃縮進一個鄉村；可以把國家的大人物們轉化成為我們村落中的頭頭腦腦。可以把國家機密轉化為農民茶餘飯後的神神秘秘。可以把神聖的愛情變成河水中的鴛鴦戲鳴。可以把人間悲劇轉化為鄉村的男哭女啼。

原來，世界就是我家鄉的村落。

我家鄉的那一隅鄉村，就是整個的中國。

現在，我不再渴望漂移，因為我已經擁有了我的鄉村。現在，我在固守着那塊土地的穩定，因為在那塊土地上，本就可以感受到漂移的現代化給那塊土地帶來的振顫和脈動。所以，我一再地警告自己：閻連科啊閻連科，在今天變化無窮的世界，你什麼都可以失守，但唯一必須堅守的，就是你家鄉的那片土地，那片土地上的一隅村落之微世。

情感與思想

現在，在生活中舒適和健康，成了全世界人們生活質量的標準，是中國人生活是否幸福的衡量指數。但作家不是這樣。作家是那種無論你多麼幸福，他都在內心充滿焦慮、不安的人。作家是那種在世界上最愛自尋煩惱的人。沒有焦慮，沒有煩惱，就沒有寫作。沒有焦慮與煩惱，也就沒有小說的存在。之所以要寫作，就是因為內心充滿了焦慮和煩惱。

為什麼焦慮？

這是一個永難回答的問題。

拉美一百年的歷史，充滿了動盪和不安，充滿了神秘和未知的黑洞，可那畢竟是過去的事情，就像沿河而下

的流水，過去了就決然不能回頭一樣。然而，馬奎斯卻偏偏為這些過往之事，長時間的坐臥不安，輾轉反側，直到他可以坐下寫作《百年孤寂》（*One Hundred Years of Solitude*）為止。直到他終於在某一天的驅車途中，忽然想到「許多年之後，面對行刑隊，奧雷良諾·布恩地亞上校將會回憶起他父親帶他去見識冰塊的那個遙遠的下午」後，慌忙返身回家，坐在書桌前邊寫下了這部小說開頭的兩句話為止。這種不安和焦慮，從最終的結果看，似乎是作家在為文學而不安，是因為欲要寫作而焦慮。其實，最初的情況不是這樣兒。最初的情況是，作家在為某一事件而不安，為某一場景而焦慮，為某一時刻突然走入腦海的一個想法和念頭而耿耿於懷，念念不忘，煩惱無比，到了焦慮到一定的時候，煩惱到一定的階段，他就只能坐下寫作了。不寫作他自身會有一種要爆炸的感覺。他害怕這種爆炸，會毀掉他的肉體與生命。於是，在某一時刻的欲爆之前，他慌慌忙忙坐下寫作了。

焦慮，是一個作家寫作的種子。

甚至，焦慮的起點，本就決定着一個作家氣象的大小，決定着一部作品的格局和風格，決定着一部作品的方向和成敗。

有人為歷史中的一個人物而焦慮。有人為現實中的某種思考而焦慮。有人為茶餘飯後的一次聊天而焦慮。有人

為他看到新的「朱門酒肉臭，路有凍死骨」而焦慮。還有的人，為看見當年美女頭上霜染的白髮而焦慮。這種最初的焦慮的種子，在作家的心中埋下之後，就逐漸膨脹、發酵，最終成為了作品。大家都熟悉的內地作家莫言的代表作《紅高粱》，他說是他腦子裏忽然有一天看見了鋪天蓋地的高粱棵在風中起伏蕩漾的畫面，從此就有了寫作《紅高粱》這部小說驅趕不散的情緒和人物，他為此焦躁、煩惱，直至可以坐下寫作為此。大家熟悉的作家賈平凹，三年前出版了他的新作《秦腔》，他在後記中說，之所以要寫這部當下農村現實的作品，是因為每次回到他的老家鄉下時，因為所有的男女勞動力都進城打工去了，昔日家鄉的街上，人來人往，熱熱鬧鬧的場景，在今天變得冷冷清清，和墳墓一樣，偶爾有人走動，也是那些帶着孩子的老人，在那清冷中孤寂地行走。於是，這一事件，這一往昔和今日對比的畫面，促使他寫了他的新作《秦腔》。

莫言為一幅蕩動不安地高粱地的起伏畫面而寫了新歷史小說《紅高粱》，賈平凹為清冷寂靜的「清風街」，寫了現實題材的小說《秦腔》。為什麼會這樣？就在於焦慮其實不是突然的，而是長期積蓄的。在莫言腦子裏出現紅高粱之前，其實他腦子裏早就為那些「土匪抗日」的「我奶奶、我爺爺」的故事和人物而焦慮不安了。紅高粱蕩動起伏的畫面，其實只是讓他早就焦慮的積蓄，有了一個爆烈

的門扉和缺口。而《秦腔》，也同樣如此。賈平凹並不是說他看見了家鄉那清冷的大街就有了《秦腔》的人物和故事，而是說，他很早、很早就對中國改革開放後鄉村的「流失與漂移」，有了感慨和積蓄，有了不安和思考，只是那些「清風街上的寂靜」，加急和明確了他的這種不安和思考，最後就不得不寫作他的《秦腔》了。

接下來的問題是，你有了焦慮和不安，無論你因為什麼焦慮和不安，對於思想家來說，這種焦慮會成為一種深刻的辨析和思想。對於哲學家來說，這種焦慮，會成為對因果的追問和上升為哲學的思考。而對於作家言，一般不會成為獨到的思想和哲學，但會成為獨有的情感和作品。不是說作家不需要思想和哲學，而是說，作家所獨有的是情感，是一種獨有的情緒。你的思想和哲學，是必須通過情緒表達的。沙特（Jean-Paul Sartre）說到底是一位哲學家，他的小說《嘔吐》（*Nausea*），說到底表現的是他的哲學思想，而非他的焦慮情感。卡繆（Albert Camus）說到底是一位作家，他的小說《局外人》（*The Stranger*），表現的是他的焦慮不安的情緒，其中的哲學思考，是通過他小說的情感表達的。就情感的焦慮表達來說，毫無疑問，《局外人》要比《嘔吐》好。作為兩部同為拿諾貝爾文學獎的作品，前者顯然要比後者更成功。《局外人》之所以能成為一部名著，除了其諸多的文學因素外，還有一點，就是《局

外人》中的思想和哲學，是通過情感和情緒的過濾，用文學的方式表達的。但《嘔吐》的思想和哲學之思考，卻不是這樣表達的。《嘔吐》不能說是一部失敗之作，但就其文學成就而言，應該說和《局外人》相比，便稍遜一籌了。其原因之一，就是沙特的哲學思想，在《嘔吐》中沒有經過文學情感的充分過濾，他不是用作家焦慮的情感去表達哲學思想，而僅僅是用文學的語言和細碎去表達哲學。

作為哲學家，沙特是偉大的。

作為文學家，卡謬是偉大的。

由《局外人》和《嘔吐》作比較，我們可以得出也許有些偏頗的一個結論：一切優秀乃至偉大的作品，都必然是情感焦慮的文學結晶。作品中的一切文學原素，都應該通過情感焦慮這個濾器滲落的墨汁來書寫，捨此，一切小說的創作，都難有成功的可能。

偉大、崇高與世俗

文學是偉大的，文學也是崇高的。

之所以在今天物欲橫流、人心不古的社會，衡量一切成敗得失的價值標準，都可以用錢的多少來丈量度盡時，

我們——我們在坐的所有人，都還一意孤行地抱着文學的理想，那就是因為文學是崇高的，文學是偉大的。

說到底，文學的靈魂是最為聖潔的。

但是，這種文學的聖潔與崇高，卻是根植於庸俗、世俗之中的。是從世俗中開出的聖潔之花。換句話說，沒有世俗，就沒有文學，沒有崇高。我是一位小說家，而不是詩人，不是散文家。寫過一些散文，幾乎難找一篇讓我滿意的作品。所以，我不敢定斷說，所有的文學作品，詩歌、散文、小說，甚至包括那些優秀的電影或電視劇，它們都是根植於世俗的。聖潔之花，都源於庸俗之土。但至於小說，我隱隱覺得，愈是偉大，愈是崇高，愈是聖潔，都緣於這部偉大之作的靈魂與世俗的密不可分。都必須根植於世俗，來源於世俗。

中國的青年批評家謝有順，有一句特別貼切、準確地概括，叫「從世俗中來，到靈魂中去。」說的大約就是這個道理。就是崇高的文學與俗世的那種關係。《紅樓夢》偉大嗎？可《紅樓夢》中最核心的情節，卻是賈寶玉、林黛玉、薛寶釵這一組三角戀愛的關係，其餘也大多是男男女女，偷情說笑，失落哭泣，吃睡閒談。難道說這種三角戀愛和吃吃喝喝、說笑哭啼不是世俗嗎？不僅世俗，而且庸俗。《唐吉訶德》偉大嗎？它是西班牙最偉大、最經典、最神聖的一部作品。可以說，在西班牙語的文學世界中，沒

有《唐吉訶德》，就沒有今天的西班牙文學。可是，留給我們印象最深的，卻是這部經典中的主人翁騎士唐吉訶德，大戰風車的那場庸俗而無意義的戰鬥。莎士比亞偉大嗎？莎士比亞最著名的戲劇《羅密歐與朱麗葉》和《哈姆雷特》(*Hamlet*) 等，這些不朽之作中，充滿着的都是最世俗的銅臭和男女之爭鬥。羅密歐與朱麗葉的愛情，是那樣的聖潔和感天動地，可這聖潔的愛情，卻必須在世俗中展開，它的開始、進展和悲劇的結束，都無法擺脫世俗與庸俗的包圍。世俗是這對男女崇高愛情的必然土壤。是世俗造成了這對男女——也是整個人類年輕人的悲劇；也是世俗成就了《羅密歐與朱麗葉》這部不朽的戲劇。《哈姆雷特》是一出宮庭戲劇，宮庭生活對我們百姓來說是那麼遙遠和神聖，可看了《哈姆雷特》後，我們才發現，原來神秘的宮庭中，也是那樣的世俗和庸俗，為了王位，為了權力，為了女人，為了金錢，為了幫派，竟也可以爾虞我詐，可以欺上瞞下，可以勾心鬥角，可以伎倆使盡。原來，所謂的宮鬥，竟是更大的庸俗；原來，一切的神秘和崇高，竟都是世俗的偽裝和放大。原來，世界是由世俗構成的。原來，世俗是真正的文學之土壤，崇高只是生長在這些土壤中的花草和樹木。

還有但丁 (Dante Alighieri) 的《神曲》(*Divine Comedy*)，什麼地獄、淨界、天堂，這和我們中國人說的

天堂和十八層地獄有多少相似之處啊！我們老百姓在世俗中說好人死後升天堂，壞人死後入地獄。不僅入地獄，還要過十八道鬼門關。仔細想想，這不是中國民間版的《神曲》嗎？而我們進一步考究追問，這種說法在世俗中是多麼無知，多麼唯心，多麼庸俗的世界觀和生死觀啊。可在意大利，在十三世紀和十四世紀，但丁竟然可以把這些世俗寫成偉大的《神曲》，竟可以讓這些出自俗世之念的作品，在歐洲中世紀成為最神聖、光輝、耀眼的山峰之明珠。類似的例子，我們還可以舉出很多很多，我們可以把世界上所有的經典名著進行再讀或初讀，我們幾乎無一例外地能夠發現一條文學創作的規律，那就是愈偉大、愈神聖、愈崇高的文學作品，和某種特定世俗的關係愈是密不可分，合二為一；越是要把偉大的根鬚，深扎於世俗的土壤之中。

　　另一方面，還有一種情況，就是偉大的作家，自身的生活不能割斷與世俗的聯繫。這，不是簡單地說，是讓作家與世俗保持聯繫，是讓作家與生活保持渠道暢通的管途。而是說，人，必須在世俗中生，必須在世俗中死。而一個寫作者，無論你多麼高大，多麼神聖，你都不能超越在世俗中更衣呼吸、生老病死的日常。都必須過一種「人」的——常人的生活。常人的生活，是一切小說無處不在的生命細胞。寫作也許是神聖的，但生活必須是庸常的。我

們常説，巴爾札克（Honoré de Balzac）一生的寫作都是為了還帳和借債，借債和還帳。可他借債在貴婦人中揮霍時，以寫作來還這些追命之賬時，並沒有影響他寫作《人間喜劇》（*La Comédie humaine*）的偉大抱負，沒有影響他對時代的那種偉大的批判精神。寫作的神聖，是可以和作家自身的庸常生活分開的。還有杜斯妥也夫斯基（Fyodor Dostoyevsky），過的是和別人一樣的庸常生活，一樣在生活中借債，在寫作中還賬，也一樣沒有影響他寫出那麼多膾炙人口的作品。這説明，寫作是不能和作家庸常生活中刻骨的體驗分開的。我們沒有必要為了寫作而去媚俗和墮落，但也沒有必要為了寫作而關起門來崇高和神聖。世俗並不是偉大的小説。但偉大的小説，無法脱離世俗的生活。欲偉大，先世俗；欲崇高，先庸常。這是小説的一個特性，也許是小説和詩歌、音樂、美術等文藝作品的一個不同之處。就小説而言，總括起來，一定逃離不開那樣一句話：

偉大和崇高，必然要世俗和庸常。

2008 年 4 月 19 日

民族苦難與文學的空白
── 在英國劍橋大學東方系的演講

同學們、老師們：

今天我們的話題似乎大了些。大就大點吧，也許我說出的話會空些，那空就空些吧。我說──每一個在數千年人類綿延的歷史中都能夠生存下來的民族，都是一個偉大的民族，都是一個充滿着苦難和掙扎的民族。

每一個民族的歷史，都是一部苦難的史詩。

中華民族和世界上許許多多的民族一樣，有着幾千年璀璨的文化，但同時，也有着幾千年為生存和發展抗爭和掙扎的歷史。苦難，如同一雙無法脫去的鞋子，千百年來，日日夜夜，都穿在這個民族歷史的腳上。遙遠的歷史，我所知不多，但中國的近代史，我勉強可說略知一二。中國的近代史，是和英國人有着關係的。在中國人的記憶中，抹不去的就是八國聯軍的火燒圓明園和鴉片戰爭，從那之後，中華民族就開始了上百年屈辱、苦難的歷史。隨之而來的軍閥混戰，日軍侵華、國共內戰，直到

1949 年國民黨撤退台灣，中國共產黨在大陸宣告一個社會主義國家的成立。

說到這兒，我就想到一個問題，就是無論是新中國，還是舊中國，中華民族的近代史、當代史，都和歐洲、和英國有着根源的聯繫。這次到英國來，誰都想不到，我要做的第一件事情是什麼。那就是，我想儘快到恩格斯的故居和馬克思的墓地看一看。馬克思和恩格斯，這兩位可能已被英國人淡忘的人物，無論他們是你的恩人，還是你的仇人，我想我都應該去朝拜一下。因為他們的存在，因為他們思想的傳播，才有了今天的中國。才有了中華民族今天的歷史。哪怕是一部苦難的歷史。和上帝創造了人類，卻並沒有給人類送來和平與幸福一樣，馬克思列寧主義創造、建立了新的中國和新的中國思想，也沒有像奉贈一本《共產黨宣言》或《資本論》樣，簡單地就奉贈我們以幸福、和平的生活。自四九年之後，我們民族的歷史，其實也可以説是一部動盪不安的歷史，可以説是一部新的苦難史。為了實現由馬克思為我們規劃的共產主義的宏偉目標，我們中國人，中國的人民，不斷地革命、革命、再革命；鬥爭、鬥爭、再鬥爭。解放初的「三反五反」，1957年的反「右」鬥爭，1958 年開始的「大煉鋼鐵」、「趕英超美」、「跑步實現共產主義」，與之後隨之而來的六十年代初的「三年大饑荒」。緊接着，就是十年浩劫的「無產階

級文化大革命」。四九年之後到改革開放初期，三十年來，中國有大大小小的五十多次革命運動，轟轟烈烈，翻騰而過。如此等等，與其説這是一個民族新的歷史，倒不如説是一個民族新的苦難史。為了革命，為了政權，1957 年的反「右」鬥爭，有成千上萬、無計其數的知識分子被打成「右」派，趕進牛棚，勞動改造，悲慘死去。中國甘肅酒泉縣的大沙漠中，有一個地方叫夾邊溝，是一個右派勞改農場，被趕到那兒勞動的右派有近 3,000 名，幾年後，活下來的人數還不到一半，其餘一多半知識分子，都活活的餓死、累死在了那裏。在那裏，知識分子們人吃人的事件，並不是什麼新鮮、新奇的事情。為了實現共產主義，全國、全民族在大煉鋼鐵時，我家鄉所有的樹木全都伐光了，所有家庭的鐵器、甚至包括鍋、勺、鏟子和大門、屋門上的鐵環、鐵扣、鐵釘，都被取下來去大煉鋼鐵回爐燒掉了。直到幾年之前，我家鄉的路邊上，都還殘存着鄉村碳窯、灰窯似的一人多高的「煉鋼爐」——那是一段歷史的記憶。也是一段災難的見證。由此導致的所謂的三年自然災害，活活餓死的人數，至今我沒有看到一個準確的統計和公佈。有人説那時餓死的中國人是八百萬，有人説是一千萬，還有一些不知準確還是不準確的來自於國外的説法，説竟高達三千多萬。三千多萬，就是世界上許多國家的總人口數目。抗日戰爭時期，中華民族死亡兩千多萬人

口，而社會主義建設時期，中國人為了過上「點燈不用油，耕地不用牛」、「樓上樓下，電燈電話」的社會主義新生活，三年內這個民族竟然餓死和應該出生而沒出生的人口是三千萬。三千萬，這是人類巨大的災難，是一個民族為實踐一種主義交上的巨額的生命學費，為一種信仰而經歷的巨大苦難。接下來，更為沉重的災難，也已經向這個民族洞開了幽幽的大門──十年「文革」，十年浩劫。這十年的苦難，這個民族的人民，我認為被摧殘的那些肉體和生命固然令人痛惜，想來都讓人膽戰心驚，但更重要的，是這個民族集體心靈的被摧殘和扭曲。許多時候，人類失去生命是一瞬間的事，可失去靈魂，失去尊嚴、失去活着的精神卻是一輩子、幾輩子的事。外國人、中國人，沒有經歷過「文革」的，都將無法體會那場歷史的巨難，就像說到底，我們無法真正體會蘇聯史太林集權時期的大清洗一樣。文化革命對整個中國人，對整個中華民族內心所造成的傷害，我想用一個比喻，可以或多或少地說明一些，那就是一隻猛虎讓一群綿羊都變成溫順圈養的兔子時，這群綿羊不僅都變成了溫順的兔子，還把自己綿羊的靈魂，變成了猛虎吃飽肚子後爪下的玩具。

而今天，中國的改革開放，其任務之一，就是要讓兔子重新變回到綿羊的位置上。可兔子變回到綿羊也許容易，可讓那些都已變形成為木制玩具的靈魂變回到活生生

的精神和靈魂，卻是一件困難的事情。其難度之大，就像我們可以把一棵樹木變成我們面前的桌子和椅子，但我們很難讓桌子和椅子，重新變成一棵青枝綠葉的樹木。

這就是一個世界上人口最大的國家的事情，是世界上一個最大的民族的生命和心理的苦難，生命和靈魂的苦難。可是面對這樣的苦難，俄羅斯有《戰爭與和平》（*War and Peace*）、《靜靜的頓河》（*And Quiet Flows the Don*）、有索贊尼辛的《古拉格群島》（*The Gulag Archipelago*），有巴斯特納克的《齊瓦哥醫生》，拉丁美洲面對他們苦難動盪的民族歷史，有《百年孤寂》，美國有《根》（*Roots: The Saga of an American Family*），歐洲除了有《孤星淚》、《九三年》（*Ninety-Three*）那樣的作品，還有另外一種面對民族、人類和人在苦難中新的描述，如《變形記》（*The Metamorphosis*）、《城堡》（*The Castle*）、《一九八四》、《鼠疫》（*The Plague*）等。後者從表面看，似乎沒有前者寬廣和宏偉，但卻對人在歷史和現實的苦難中被扭曲的記憶，卻更為深刻和清晰。

可是，我們面對民族的苦難，既沒有前者的偉大之作，也沒有後者對歷史和人的扭曲更為深刻理解的新的描述。在中國的當代文學中，關於中國民族苦難的作品，中國作家已經寫出過一些東西。然而這些東西，這些作品，只存活在當前中國的文壇記憶，超出這個範圍，人們就所

知甚少，甚至可以說「一片空白」。為什麼會是這樣？原因甚多，諸如中國傳統書寫的被歷史割斷、當代寫作被意識形態的約束、還有作家內心的自我禁錮和束縛等。自上世紀九十年之後，中國的寫作已經漸趨成熟，產生了許多優秀的作家和作品，但是面對我們苦難的民族歷史時，我們確實沒有充滿作家個人傷痛的深刻思考和更為疼痛的個人化的寫作，沒有寫出過與這些困難相匹配的作品來。這是我們中國作家的局限，也是中國作家和當代中國文學面對民族苦難的歷史的傷痛和內疚。

2008 年 5 月 20 日

文學與亞洲「新生存困境」
── 在韓國「亞洲文學」研討會上的發言

女士們、先生們：

　　文學與亞洲「新生存困境」，這是一個大而空泛的話題，也是一個具體實在的話題。我之所以選擇這個題目發言，是基於在今年上半年，中國的兩次巨大的自然災害，給世界上四分之一的人民帶來的生命和財產上觸目驚心的災難。尤其是五月十二日中國四川的大地震，骨肉同胞生命的消失，到了以萬和數萬來論計其數目時，我們就不能不感到一種刺心的疼痛，不能不總是去想像那令人愛莫能助、又無可奈何的生死場景：那被砸在地震瓦礫下的老人的頭顱；那被壓在學校坍塌的樓房下的一片孩子們的屍體；那淋在雨水中、而身子在樓板下卻面向天空、曾經呼救過而又死亡的抱着嬰兒的母親……人類的生命，在那一瞬間，輕如飄逝的柳絮。活生生的身軀：父親、母親、爺爺、奶奶，還有那些可做我們兒孫的孩子們，他們在瞬間之前，還和我們共同呼吸在一塊天空之下，可在瞬間之

後，卻留給我們的是成千上萬、血肉模糊、殘肢斷臂、再也不能呼吸和言說的軀體。

他們在另外一個世界，面對活着的我們，永遠的保持着無奈的沉默；也永遠的無法明白，他們成千上萬的生命，妻離子散、家破人亡，究竟應該有誰來為他們負上這筆生命之責？是自然，還是人類？是過去上萬年的時間引起的地質變化？還是最近數十年改河砌壩、挖山斷流的經濟高速發展和魔鬼變化般的城市化建設？

還有，今年二月的春節期間，中國南方遇到的百年不遇的大雪，房倒屋塌、交通阻斷、電力癱瘓，滯留在公路、鐵路、機場上要回家過年的旅客，黑黑鴉鴉，以億論計，如同一個日本、兩個韓國、五個台灣的人們，都在冰天雪地中饑寒交迫，晝晝夜夜。如此等等，還有中國大面積的愛滋病、2003 年讓全世界都為之擔憂的非典和後來緊隨不捨的禽流感、現在仍然讓中國人為之憂慮的手足口病等，這些都是天下大事，也都是每個中國人所必需面對的日常生活。都是我們的文學不能承擔的思考，但又不能不去面對的生存和日常，生命和存在。

文學不是科學，不是哲學，更不是醫學和生命學。文學沒有能力承擔一切可以被科學命名的命題，沒有能力阻止和改變當今世界上因為全球化和城市化進展所帶來的我

們必須正視的人類 ── 尤其是我們亞洲正面臨的「新生存困境」。

　　新生存困境，最顯著的特點，就是它已經從早年我們說的因自然根源造成的人類的貧窮、饑餓和疾病，轉變成了今天因為發達和追求發達而造成的因改變自然而出現的災難和人類新的生存境遇。如我們多年來一直說的溫室氣體和環境污染；如我們每個人都親眼目睹的資源掠奪和各種早先未曾有過的疾病的出現和難以控制的蔓延。

　　亞洲是世界的亞洲。中國既是世界的中國，也更是我們亞洲的中國。中國今天經濟的高速發展，城市化進展正以前所未有的速度向前推進。改革開放的三十年後，同時也給他自己的九百六十萬平方公里的土地和整個亞洲無可避免地帶來着始料不及的新生存困境。而亞洲文學作為世界文學的一環，中國文學作為亞洲文學的一環，我想，面對這個逐漸到來的亞洲新生存困境，文學不能解決任何問題，但文學不能不關注這些問題。就像寫作不是愛情，但寫作不可能不去表達各式各樣的愛情；寫作不是糧食，但文學不會不去描寫饑餓和人們的衣食住行一樣。新生存困境，也許在日本、在南韓、在台灣，還沒有那麼明顯的迫在眉睫。但是，近年中國的發展，中國過度迅速和繁榮的城市化建設，所帶來的人們的新生存困境，已經如同一個深不見底的黑洞，深埋在了中國人每一個家庭和每一個享

受和推動着城市化建設的每一個人的命運之中。剛剛過去的如同昨日般的印尼大海嘯、緬甸大風災，中國的四川大地震和春節南方大雪災等，正是這種黑洞的塌陷和最初的展露，是新生存困境向中國、向亞洲端倪表露的開始，它不直接影響和改變我們亞洲的文學現狀，但卻直接改變着我們整個亞洲的生存現實。

無可否認，一切的文學，都是寫作者的生存現實。

一切生存的現實，都必然會走入寫作者的精神世界和其作品之中。如果說，亞洲的新生存困境，距離我們個人的寫作還比較遙遠，我們沒有切身和內心的深刻體驗，無從切實地用文學之筆去描摹和寫作這些時；如果說，每個作家的寫作，都是作家個人的心靈展現，而無法去表達他人的人生體驗和其見聞時；那麼，我作為一個來自中國的作家，來自中國中原地區最為偏窮鄉村的寫作者，那種在中國的現實中，因為中國和世界的巨大變化，也同樣給我家鄉所在的那個自然村落，帶來了有形、無形的巨大變化，甚至是帶來了讓人無法承受的災難。在我兒時的記憶中，我家鄉的那個村落，古樸、自然、充滿源自山水和土地的詩意。在我家門前那一片被樹木遮掩的草屋之下，原來是一條清澈的河流，日夜流淌，四季不斷；在我家房前二百米外的山坡上，曾經是一片三月火紅的桃花園林；在我家房後的一片水塘，曾經有不斷的鴨鵝戲遊和水鳥翻

飛;在我十七歲那年,我讀到了中國的大詩人、大作家陶淵明的《桃花源記》時,我曾經誤以為陶淵明寫的《桃花源記》就是我的家鄉;曾經誤以為,陶淵明寫的「暖暖遠人村,依依墟里煙」和「採菊東籬下,悠然見南山」,也正是到我家房前屋後看了之後的有感而發。可是現在,中國經過了三十年的改革開放和工業化、城市化的建設之後,我家鄉的那條小河、房前的那片桃園,房後的那片水塘,卻都已不知了去向。

桃園枯了,小河乾了,水塘被夷為平地蓋成了工廠。

當然,在這種變化中,我家鄉村落的房子,大都由原來的草屋變成了瓦屋,變成了樓房。那些原來被四季耕種的田地,也有許許多多變成了荒地——鄉村似乎變成了城鎮,而原來的小鎮小城,也都繁華成了城市的高樓大廈。可是,那些原來居住在鄉村中密集的農民,在最近十幾年裏,卻又都紛紛從鄉村轉移到了城裏;從小城轉移到了大的都市——農民們都到城市打工去了。都去繁華文明的都市淘金去了。而留給鄉村的,只還有荒蕪的土地和那些守着空空蕩蕩的村落、房屋的老人和孩子。

城市在擴大,鄉村在縮小。

社會在繁榮,傳統在丟失。

文明在進步,而鄉村的詩意,卻正在這進步中消失殆盡和發生着巨大的更替與墜落。

就在我要寫這篇發言的前幾天，我已經七十多歲的母親，從我遙遠的家鄉打了一個電話對我說，我家鄉的那個村子，變得和墳墓一樣，每天都寂靜無人，空空蕩蕩，而且經常不知為什麼，天空總是飄着水泥廠的灰塵和造紙廠的臭味；稍一天旱，就會井乾水絕；稍一落雨，就必然滿街污流。我希望把我的母親接到北京去生活，我母親卻說：「北京城市太大，那不是她的家」；可把母親留在鄉村裏，她又說「今天的鄉村，也不是她原來願意呆着的鄉村了」。

　　我的母親，一生不認識一個漢字，她在那塊土地上、在中國這個今天高速發展着的國家，生活了七十五年，可在她到了老年之後，在她的生命一年一年、一天一天，近着人生的尾聲之時，忽然有了一種「失去家園」的感覺。忽然間，有了一種她說不出、更寫不出的因為這個國家逐漸富有後 —— 城市化無限膨脹而給她帶來的內心恐慌。這讓我作為一個母親的兒子，作為從那塊鄉村和土地上走出來的寫作者，作為目睹了中國三十年發展變化，城市化進程一日千里地向前邁進了三十年、並且還要繼續不停歇地向前發展和邁進的見證者，目睹了在中國和亞洲大地上，日益頻繁發生着的自然災害和人禍災難，不能不去思考一個問題，那就是文學不能阻止和改變我的中國和我們的亞

洲已經到來的新生存新困境，但作家不能不為此有所思考和評判，不能不為此有所焦慮和不安。

說到底，寫作是一種情感焦慮的結果。

說到底，之所以我們要寫作，正是因為寫作可以表達我們內心情感的歡樂和不安。也許，亞洲的新生存困境離我們還太過遙遠；也許，中國的四川大地震，南方大雪災和愛滋病、非典、禽流感、手足口病等，都還沒有落到我自己的家庭和頭上，但我母親在七十五歲高齡時，感歎的北京太大，不是她的家；感歎的家鄉的那個村落，既不是那個她原來的村莊，也不是她的原來的家。在我不識一個漢字的母親年屆古稀之時，她對我的這一聲聲的感歎，卻是離我十二的親近，深深地刺疼着我的內心。說到底，在這個世界上，只有我能夠體會我母親內心的落寞和不安；只有我，明白母親那說不出、更寫不出的焦慮的原因是什麼。因此，為了我，為了母親，為了母親那「無家」的感歎，我想我個人，一定、也應該在今後的寫作中，關注我們的生存新境遇；關注新境遇中我母親的生存和生活；關注新境遇中我自己的內心和靈魂；關注那些在亞洲生存新境遇中被掩埋在黃土之下永遠無語的亡靈向這個世界發出的最悠長和最揪心的疑問與感歎。

2008 年 5 月 15 日

烏龜與兔子　壓抑與超越

—— 在法國第四屆「小說國際論壇」上的講演

女士們、先生們：

法國小說國際論壇，是一個面對小說，作家可以暢所欲言的地方。這裏就像一個寬廣的舞台，使我們可以隨意地釋放和歌唱。在這裏，我想就寫作的壓抑和超越，如同早晨醒來的野鳥，用最粗糙的嗓子，鳴叫出最真實的聲音。

關於寫作的壓抑，在中國是一件司空見慣、又必須面對的事情。但中國又不是三十年前的「文革」時期，寫作被完全禁止，個人的聲音被完全抹殺。這就是今天中國寫作的複雜和獨特。今天，中國經濟的發展，如同野兔的奔跑，但思想自由的速度，卻如烏龜的爬行。今天中國作家所處的寫作環境，就是烏龜和兔子在高速公路上力量懸殊的賽跑。

我們可以寫作，但必須面對某種強大而無形的壓力的存在。作家每時每刻，都在寫作的壓抑之中。這種壓抑的力量，來自三個方面：一是強大權力支配的意識形態；

二是高速發展的經濟之下的金錢、榮譽和娛樂的誘惑；三是來自作家本人內心的一種自我約束和自我審查。意識形態和金錢、榮譽、娛樂對文學的擠壓、侵蝕這些情況，在其他國家和地區，在不同的歷史階段，我們大家和前輩作家們，都不同程度地經歷過或正在經歷着，都有那種抵抗的力量、膽略和智慧，但一個作家對自己寫作的自我約束和審查，卻可能是中國作家最獨有的一種寫作現象。為什麼會這樣？因為中國半個多世紀以來對寫作都有明硬的規定和政策，冒犯了這種規定和政策，會遭受到嚴重的處罰乃至蹲監和死亡。作家的寫作，其實就是鑽在鐵牢中的歎息、吶喊和舞蹈。這樣久而久之，有一天讓你從牢籠出來，你已經不再會真正的行走、跑步和跳舞了。

另外一個原因，就是你寫出了被文藝政策認為是好的作品後，政府會給你權力、榮譽和獎勵，讓你做官，讓你獲得大筆的金錢和房屋，所有的媒體和不明藝術真相的百姓，也都對你尊崇和恭敬，讓你享受榮譽帶來的光輝和歡樂。如此，許許多多有才華的作家，從年輕的時候開始，都自然而然地沿着這樣的創作道路進行創作與前行。而我自己，在二十多歲時，也是這樣為權力和榮譽而努力寫作中的一個人。當你二十歲、三十歲就開始這樣寫作了，到了四十歲、五十歲，其實你已經很難有能力為了藝術、為了美，為了自己的內心和靈魂的真實進行寫作了。當你坐

在書桌前，拿起筆來，會有一種來自你自身的聲音告訴你，說這個可以寫，那個不可以；你會告訴你自己，這樣寫可以靠近權力，獲得榮譽、金錢和地位，那樣寫不僅要遭到批評、冷落，甚至壓根就沒有地方出版。

　　當然，自我的約束和審查，還有另外一種情況，就是一種本能的約束和審查。自己以為自己的寫作是自由的，其實在動筆寫作前，在構思故事前，你已經本能的、無意識地約束、審查了自己的想像和構思。就像一個在學校讀書的孩子，他以為自己的童年是自由、快樂的，可他不知道他的童年，是已被社會和學校的紀律規範過了的。這樣的作家，為了證明自己的寫作是自由的，他把自己的才華，大量地運用在了小說的技巧、技術和學習外來的各種主義上，以此證明自己的寫作是純文學的，和主流體制疏遠的，是獨立存在的。小說的寫作，當然應該有技術、技巧和自己對某種主義的追求，但我們試想，面對一個複雜、混亂、乃至還存在許多尖銳矛盾和複雜問題的發展中的現實，作家的注意力，全部放在文本的技術、技巧和主義上時，這是不是和一個如大水、大火都已經淹沒、燒到了自家房屋，乃至水到腳下、火到面前，你還在專注、把玩於自己手中的那支精美到玩具般的鋼筆有些相像呢？藝術和形式是需要把玩和探索的，但不是所有的作家都要去不顧現實地把玩和探索。偉大的小說，偉大的藝術，應該

在水的面前是一隻大船或者一葉小舟；在火的面前是一片海洋或者一桶井水。而不是在水的面前，它是只可以搭救作家本人的救生圈；在火的面前，它只是可以保護作家本人的防火牆。

這個問題，就是我要說的 —— 面對自我約束和自我審查時，以及面對體制下的意識形態和高速發展的經濟之下的金錢、榮譽、地位、娛樂時的超越。要超越這些，超越自我審查，真正達到精神自由的高度，在寫作中需要的不僅是勇氣、智慧和對現實社會中的人最獨到、深刻的洞察和理解，還需要作家對文學的愛，真正如同聖徒之於宗教；草木之於大地；人之於人格的那種真愛和大愛。可實際的情況，在中國卻不是這樣。我以為，中國作家是世界上最聰明的作家。種種政治和運動的原因，使他們成了世界上最善於保護自己的群體。包括我在內，都經常不知道我的同行朋友們哪句話是假的，哪句話是真的；哪些行為是表演，哪些行為是真實。他們可以以政治的名譽反對一切，也可以以真實的名譽否定藝術。在寫作中要超越政治、宗教、黨派和金錢與榮譽，乃至超越那些不明藝術真相的讀者，唯一的方法，就是真正把文學視為生命，讓文學成為自己僅有的靈魂和活在東方世界的唯一理由。要相信，政治是強大的，但比起文學，它只是文學餐桌上的一盤配菜，使顯示生活的一碗家常便飯。政治可以讓作家死

去，但文學可以讓作家重新活過來──這就是文學與政治的不同之處。

在中國寫作，要超越政治、體制、宗教、黨派和現實社會中的金錢、名利、地位、娛樂以及盲從的讀者，首先就要超越自己內心存在的自覺和不自覺的自我約束和審查，還要超越本土傳統的寫作經驗和二十世紀以西方文學為中心的現代寫作經驗。要相信，二十世紀西方的文學遺產是寶貴的，但對於我們今天的東方寫作，它也正在成為一種新的意識形態。我們只有努力嘗試着超越這些，才能有我們寫作的理由和寫作的繼續。能不能超越是一件事情，去不去努力超越，是另外一件事情。在中國今天的現實中，為精神的高度和情感與靈魂自由表達的寫作，不僅是烏龜與兔子的賽跑，而且是烏龜與高速列車的賽跑。也許，在世界範圍內，東方的當代文學還難有真正的一席之地，這就註定我們的寫作是邊緣的，甚至是可以忽略的，但在東方的那個民族、那塊讓我愛恨交加的土地上，我願意在高速列車的陰影和壓迫中，一步一步不停歇地如烏龜一樣爬下去，直到終點。

不求做世界上名垂青史的作家，但求做一個在十三億人口中不被淹沒的、有自我存在坐標的、別人可以找到我在哪兒的一個寫作者；做一個在龐大的人群中不被「丟失」

的人；做一個在兔子和高速列車的賽跑中緩慢而不停歇的
爬行者。

2008 年 5 月 30 日

文學的愧疚
── 在台灣成功大學的演講

同學們、老師們：

在這兒討論文學，和在大陸的大學與國外其他學校討論文學、演講小說有着完全不一樣的感受。在這兒，有如他鄉遇故知的相見之感、之親、之喜悅，而在大陸的學校，我只是有那種又見了鄰村孩子的似熟相親。而在陌生的國外，我的每一句話都要翻譯；和人交流文學，我總有一種被人「矇騙」或我在「矇騙」別人的感覺。我不知道我的意思是否被翻譯準確地傳遞了出去，也不知道翻譯傳遞給我的別人的話意，是否準確並有語言中情感的疏漏。

因為今天是在一個既陌生、又熟悉的校園，是在一個「他鄉故知」的情感氛圍之中，所以，我特別想坦誠布公，苦訴衷腸，說說自己在大陸不願與人訴說、說了害怕別人會議論你是做秀；而在西方國家，你說千道萬，也不知他能否明白一二的內心話 ── 就是表達一下我作為一個作家，有三十年寫作生涯的一個人的由衷感歎。即：文學的愧疚！

文學的愧疚——我想從以下四個方面去談：

面對我故鄉那塊苦難的土地，
我究竟做了什麼，表達了什麼？

在台灣，我大約出版了十本小說，大家對我已經有了一些了解，都知道我是河南人，是地道的農民。也都會說我常常濃筆重彩地寫人和土地的苦難。還有把「苦難的大師」的帽子會扣在我頭上，說我是「土地的兒子，苦難的大師」。這樣的稱頌，我會自鳴得意，會躲在書房自得其樂，孤芳自賞。但在時過境遷之後，在某一日回到家鄉或有一天重新去看十九世紀的文學時，比如面對托爾斯泰（Leo Tolstoy）和杜斯妥也夫斯基的小說時，面對中國作家魯迅和蕭紅的小說時，我會有一種汗顏和羞愧，會有一種小丑在大師面前跳舞的獻醜感。在杜斯妥也夫斯基的《罪與罰》（*Crime and Punishment*）和《卡拉馬助夫兄弟們》（*The Brothers Karamazov*）這兩部小說中，讀到拉思科里涅珂夫和阿遼沙都在故事的最後，懷着懺悔和擁抱苦難的心情去親吻俄羅斯的大地時，我總是忍不住會掉下眼淚，感歎自己的寫作，面對土地，面對那塊土地上芸芸眾生的人生與命運，我為什麼不能像托爾斯泰和杜斯妥也夫斯基一樣去愛一切、理解一切、擁抱一切；不能像《孤星淚》、

《苦海孤雛》（*Oliver Twist*）樣有那樣無處不在、彌漫全書悲憫和愛——而這一切中，最重要的就是熱愛苦難、擁抱苦難。熱愛那個社會和世界的所有所有；理解十九世紀變改中俄羅斯社會裏的上層與下層、貴族與百姓，包括如聶赫留朵夫那樣有過虛偽、欺騙和腐敗、墮落的人。面對我故鄉的那塊土地——人們常說的中原大地，我知道在我的小說中，我表現了太多的怨恨和嘲弄——這種怨恨和嘲弄，不是魯迅筆下尖銳的批判，而明確就是怨和恨。是那種有些旁觀的冷笑，而不是我們說的無奈的苦笑。比如《堅硬如水》這部小說，有人說這是我小說中最好、最獨特的小說。你說獨特，我是贊同的，你說它最好，我不說同意，也不說反對，我就只能是沉默。因為，一方面我像孩子一樣，面對我所有的作品，都喜歡聽到人家說好，而不喜歡別人說它不好。別人批判我的作品，我不嫉恨，更不記仇，但這並不說明我大度，只是因為我沒有能力、也不應該去捂住別人的嘴。但你說它如何如何好，或最好時——比如《堅硬如水》，我還是覺得這部小說中多了一些旁觀者的冷笑和嘲笑，而缺少如雨果、托爾斯泰和杜斯妥也夫斯基那樣愛一切、理解一切、擁抱苦難的闊大、高尚的情懷。

比起他們，我簡直不值一提。

《日光流年》也不值一提。雨果和托爾斯泰那種無邊、偉大的愛；杜斯妥也夫斯基那種擁抱苦難、承受一切的胸懷；魯迅面對人的不幸時，那種在批判面孔之下的無奈的苦笑，還有並不被台灣讀者普遍喜歡的蕭紅，面對東北大地上苦難的溫情和忍耐，我認為在我的小說表現中，這樣的胸懷表現得不明確、不充分，乃至相當相當的欠缺。

　　作家總是這樣，在寫完一部作品時，才會明白那部作品應該如何寫。就是說，他總是在來不及的時候才知道應該如何做，這如同一個人把東西丟掉以後才知道去珍惜、愛護樣。情人離你而去，決不再回頭到你身邊時，你才明白真正的愛不應該是這樣而應該是那樣的。1998年，我用四年時間寫完並出版了我的長篇小說《日光流年》——我是那種晚成而非大器的作家。《日光流年》在大陸是我的長篇小說中，唯一一部叫好聲較多而爭論聲較少的小說。四十歲寫完並出版這部小說，我很為自己感到自足和自傲，它和《年月日》、《耙耬天歌》等「耙耬系列」一道為我贏得了所謂「苦難高手」的美譽。但在2000年前，我回到故鄉，見到我的已經將近七十五歲的大伯——就是《我與父輩》中寫到的我的一生操勞辛苦的大伯，他在晚年偏癱後，每天都如植物人樣坐在門口、村頭的陽光下，望著行人的腳步而不能動彈的模樣；還有那次回去，聽我母親說我們村裏有幾個老人，因為都得了癌症而沒錢治療、也

無法治療的絕症後，他們整個冬天都在山坡下的河邊曬暖枯坐。而在這個冬天最冷的「三九」，他們幾個老人、病人，忽然間彼此在交換了對生命、生活和凡塵俗事的意見之後，他們卻相約而都跳河自殺了。從河裏打撈出來時，每個老人身上都凍成了冰柱——聽到這些——關於人、關於生命世事、關於這些人在那塊土地上的現實苦難的命運，我覺得，你閻連科寫了《年月日》、《日光流年》、《耙耬山脈》、《受活》等與苦難相關的小說又算什麼呢？你的小說真正寫出了一個作家面對土地、大地和苦難與生命應該抱有的那種博大的愛和情懷沒？你對苦難是深沉的擁抱還是如曹雪芹樣面對苦難有那脫凡越俗的超越？——面對土地和苦難，我感到內疚和慚愧；感覺我有可能表達得更為深沉、深重卻沒有表達出來。所以，當我真正面對文學、面對中原大地和故鄉那塊土地上的苦難時，面對土地上的善惡、美好、醜陋以及發生在那塊土地上荒唐可笑、不可思議的一切時，心裏總是有隱隱的不安和內疚。我不知道中國作家別的人，面對這些時是驕傲的、無愧自豪的、還是平靜而自負的，再或是因為自己寫出的作品和對那塊土地做出了巨大的付出，而因此可以面帶微笑，榮歸故里，回到故鄉，回到那塊土地上與土地和土地上的人們，進行平心靜氣、相安無事、無愧與誰的交流和談話，心安理得的接受土地和土地上的人們對他的羨慕和讚譽，也不敢評

判中國當代文學面對那九百六十萬平方公里、號稱地大物博的災難不斷的土地，是可以安然、傲然的站立，還是應該因缺欠情感，缺少情懷、靈魂的描寫和表達，而脫帽鞠躬，表達不安和內疚。或如拉思科里涅珂夫和阿遼沙那樣，跪在骯髒的廣場和廣袤無垠、清澈無比的大地上去親吻土地，去表達自己和那土地苦難的情感和不安。而我自己，作為一個地道的農民，從土地中走入城市的作家，因為饑餓、貧窮而寫作；因為寫作而獲得了聲名、稿酬和尊嚴；並且必須承認，相對於自己的過去和今天成千上萬的人，我和我的家庭，都已經相當相當舒適、富裕和沒有日常百姓的衣食憂愁的一個寫作者，我應該、也必須在獨自無人、頭腦冷清的時候，明白我有愧於那塊土地和那土地上的人們。他們選擇我為一個寫作者，成就我為一個所謂的著名作家，但我的寫作，並沒有更深沉、細膩、全面地表達他們的情感、喜樂和靈魂與內心的苦難和不安。我沒有寫出一部無愧於那塊土地和那土地上芸芸眾生的人們的作品。而且，我也明白，我可能這一生傾其所力，因為種種原因，我都寫不出一部無愧於那塊土地 —— 中原大地上的苦難和勞苦人們的作品來。因為面對那塊土地，我的愛少了，恨多了；心胸狹隘了，理解、同情弱化了；而旁觀、嘲弄、零情感在小說中太多太大了，可把每個生存、生活在土地上的人都當做和自己有血緣關係的親人樣的寫

作太少太少了。一句話，我知道我是那塊土地的兒子，但提筆寫作時，作為兒子的怨氣，總是在我心裏縈繞不斷，排解不開，這嚴重地阻礙着我的寫作與那塊土地的情感聯繫和靈魂真正的溝通。

面對社會現實，文學總是那樣簡單、淺薄和逃避

我總是那樣囉嗦、重複地四處去說，今天大陸三十年的改革開放，給中國大陸作家提供了一個最好的寫作時機——這裏說的最好的寫作時機，不是寫作的環境，不是寫作的真正自由，而是大陸今天的社會現實，到了一個前所未有的混亂、複雜、富裕、矛盾和荒謬的境地。任何一個作家、學者、哲學家和思想家，想把我們的現實搞清理順，都幾乎是不可能的事情。生活中的故事，遠遠比小說的故事更為複雜怪誕、跌宕起伏和含意深刻。你看電視、看報紙、看網絡和在因所謂的豪華盛世而終日連綿不斷、胡吃海喝的飯局晚宴上聽到朋友、客人拿着牙籤、筷子給你講的故事和笑話，幾乎每一則，每一個，都讓你驚愕不已，不可思議而又千真萬確。今天中國大陸現實中的一切，幾乎都如天方夜潭。比如說，早在十年前，我回到我們縣時，我們縣的縣長就笑着對我說：「連科，你們村可真

是了不得，改革開放二十年，你們村沒有死過一個人，也沒有生過一個人，更沒有一對年輕人結過婚。」就是説，因為改革開放，使時間在大陸社會變成了前行的列車，而我們村卻在時間中停滯下來了。為什麼人會不生不死？也不再結婚育子？表面的原因很簡單，就是人死了，你得把分給自己的土地交還給社會；那麼，為了不上交土地，人死了我也不讓這個社會知道又有一個生命消失了。因為大陸實行計劃生育政策，一家只允許生一個孩子；那麼，誰家孩子出生了，也就不再上報申請戶口了，這樣就可以生育第二胎、第三胎、乃至第四胎。因為結婚去領結婚證要交幾十元錢的結婚費，別的沒有任何好處，那就索性不領那張結婚證書罷了，選擇個黃道吉日，朋友親戚，幾十、上百、甚至上千人，在這一天裏送禮請客，夫妻拜天拜地，這就已經「合法」了，正式結婚了。還有個情況，就是現在在大陸的鄉村，未婚先孕、未婚同居是相當普遍的事情。在我們村裏，有大約四分之一的婚姻是女孩子懷孕了、肚子老大老高了，不得不結婚了，那就雙方家長一合謀，選個日子結婚了。

我以我家鄉為例來把這些關於死亡、婚姻、育子的事情擺出來，不是為了簡單證明今天大陸鄉村社會的混亂、無序和複雜。而是説，其實今天的大陸——有學者稱是後社會主義時期，非常清晰的有兩個社會：一是有政府管理

主導的顯社會，二是無論都市或鄉村，都還有一個被顯社會、主體社會掩蓋、遮蔽的隱社會和民間社會。這個民間社會，許多地方很像當年的民國那狀態——那時的無政府主義和今天的金錢至聖、欲望至上有了不可思議的結合。但這個民間社會又完全在後社會主義時期的管理之下和之中。每個大陸人，今天既非生活在三十年前大一統的專制社會裏，也非生活在如其他國家與地區那樣精神、言說相對寬鬆、舒展、隨意的環境裏。每一個人都無時無刻不生活、穿越在強大的主流社會和普遍存在的民間社會中。你的左邊是後社會主義的主體，右邊就是奇異的民間社會的自由主義與無政府主義無處不在的散落——這自成一體的和主體社會既平衡相處、又處處對抗的民間社會，與主體社會同在一個時間和空間，讓生活在其中的每一個人，都如同左手握冰，右手拿火樣。因此，在這個社會裏，人不變得異常怪異是不可能的事。這，大概就是大陸人今天心靈普遍扭曲、異化的根源之一。也是社會極其荒謬、無序而相對富裕、怪誕的根源之一。而我們的作家，在面對這個複雜、怪異而豐富的社會現實，轉化為文學寫作後，卻總是顯得那麼簡單、陳舊、自我和封閉。我們很難有一部作品，可以清晰地描摹出這個社會光怪陸離、變化無窮的狀態和社會的未來進行時。社會的急速變化，使面對現實落筆的小說，很快都過時、滯後和沒有意義。比如大陸這

些年盛行的「下崗文學」、「低層文學」、「打工文學」和所謂的「職場白領小說」，以及總是邪不壓正的「反腐文學」等。這些光亮的文學泡沫，總是緊隨社會發展的浪花而起伏蕩動着道德的光輝。然而，當其內容與形式和複雜的社會比較時，卻顯得是那樣簡單、簡陋和淺薄，一如一個作家抓一把黃土，撒出去就希望覆蓋遼闊的大地般。

另一方面，當一種作家的寫作顯得幼稚可笑時，我們所值得期待的那些作家，又不去直面這個社會的矛盾和複雜性。以我之直言，我想我不會因此得罪下列我非常尊敬的作家們——但有一個事實，似乎應該挑破窗紙說出來，那就是我們最敬重的那些作家們，他們的代表作或影響最大的作品，大都和大陸今天的現實沒有直接關係。我想今天應該挑破來說：比如陳忠實的《白鹿原》、余華的《活着》、《許三觀賣血記》、莫言的《紅高粱家族》、《豐乳肥臀》、《檀香刑》、王安憶的《長恨歌》、李銳的《舊址》、《無風之樹》、阿來的《塵埃落定》、韓少功的《馬橋詞典》、張承志的《心靈史》（儘管也被禁止）、蘇童的《河岸》、《米》、葉兆言的《1934年的愛情》、格非的《人面桃花》、遲子建的《額爾古納河右岸》以及所謂的「後六十年代」的李洱的《花腔》、畢飛宇的《玉米》、麥家的《解密》等等，這麼多優秀作家最具代表性的作品，恰恰都與中國當今的現實沒有關係，或隔着一層，這是非常值得探究

的一個問題。即便我們不能說最優秀的作家，大家是集體對現實的逃避——因為以上作家，每個人都還有很多關注現實的作品，但他們最有影響和最具代表性的作品，又恰恰和今天的現實拉開了距離。形成這一寫作態勢的重要原因，就是一方面，大陸的文學數十年來遵從「藝術為政治服務」的法條——直到今天，我們的文化、宣傳機構，仍然在這樣號召、鼓勵作家們這樣的寫作，這給文學創作帶來了極大、極大的傷害。因此，那些有天賦的作家，便大多在寫作中逃避政治和尖銳的社會矛盾。以逃避為抵抗；以逃避為藝術。其結果，是在逃避社會政治時，也逃離了社會現實。所謂的「讓文學回歸文學」，是大家對文學創作最由衷的寫作吶喊；另一方面，它也成了一些作家回避社會現實的藉口和理應。

文學應該超越政治，但不應該回避現實——這應該是個不爭的寫作規律。但在超越政治、關注現實時，如何讓寫作在現實題材中高於、大於、可調配於政治，這是作家的才華和能力，不是簡單的勇氣和膽量。如何在現實生活面前、在社會矛盾中，關注超越了政治的人和人的靈魂，這一點十九世紀的俄羅斯文學給整個世界文學做出了榜樣，是非常值得我們借鑒和思考的——當然，寫作如何超越政治（不是逃避），這是另外一個話題，是一個作家的才思和另外的藝術追求。而今天，我要說的、表達的，是我

們的寫作，對中國大陸複雜的社會現實不夠關注、乃至視而不見和沒有在寫作中做出深刻表達的慚愧和內疚。是某種寫作面對社會現實，沒有盡力去洞察和描寫的不安。

我們和這個時代太和平共處了，太和睦相親了，太相安無事了，太缺少如雨果、狄更斯（Charles Dickens）、托爾斯泰、屠格涅夫（Ivan Turgenev）、杜斯妥也夫斯基和魯迅、蕭紅那種文學與時代對峙、對立的緊張關係了。好在，最近幾年，許多作家的寫作一反往時，大家開始重新關注和描寫中國的現實與歷史了。如莫言的《生死疲勞》，就直接抒寫了大陸的土改；王安憶的《啟蒙時代》、蘇童的《河岸》都直接描寫了他們所經過和記憶中的文革。余華的《兄弟》和賈平凹的《秦腔》、張煒的《刺蝟歌》、莫言的《蛙》等，都是最直切地關注當下大陸現實的力作。

並不是說關注現實的寫作就是好作品。而是說，最值得期待的優秀作家在某個時候都重新回頭關注現實時，我們所期待的那種傳統意義上的「大作品」，也許就要產生出來了。或者已經產生出來，只是要假以時日去認識。既便沒有產生出來，這至少也可以減少當代作家面對社會現實回避寫作的那種內疚感。

面對中華歷史，我們做了何樣的 寫作選擇和思考

「中國經驗」——這四個字最近幾年不斷被大陸的作家和批評家所提及，並以此來論證中國當代文學的得與失。誰都明白，這裏說的中國經驗是面對世界而言的，如果僅僅是為了面對中文的讀者，我們不需要談中國經驗。我們用方塊字講的發生在中華土地上的一切故事和用其他語言寫的華人的人生命運和一事一物，都是中國的經驗。但在寫作中面對世界文學強調中國經驗時，就不簡單是說，我們吃飯是用筷子而不用刀叉；也不是說中國的北方人愛吃麵食，南方人愛吃大米；解放前有臉面的中國男人都穿中山裝，女人多都穿旗袍。而是說，當中國小說面對世界文學以及人類的記憶和記憶的擴展、延伸的文學呈現時，我們的記憶——中國記憶是什麼。

面對「中國記憶」在文學中的呈現、擴展、延伸時，我們不能不說當代作家有愧於歷史那樣的話。我自己以其五十歲的年齡而論，也不得不承認自己有愧於祖輩在歷史中所承受的顛沛、苦難的記憶。面對中國的記憶，文學應該坦承地說自己有了集體的失憶症，如同《百年孤寂》中馬孔多鎮上的居民，大家在一夜之間都忘記了他們所經歷的一切樣。如果文學應該以藝術的名譽和良知去弄清許多

歷史內在的情感真相時，我們沒有把近、現代和當代史中許多歷史情感的真相弄明白；如果文學不需要弄清歷史情感的真相與面目，只應該以作家個人的立場和文學觀去擴展歷史的記憶時，我們又很少有作家以自己獨有的個性，正面的、直接的介入中國的歷史和民族的記憶之中。以其辛亥之後這將要百年的歷史去說，文學回避了中國大革命時期那段混亂、複雜、最有特色的中國記憶；回避了抗日戰爭、解放戰爭的一些真相記憶；甚至不僅是回避、而且是有意逃避、歪曲了大陸半個世紀以來歷史中的風風雨雨。集體失憶了人在這風風雨雨中的生存、災難、苦難和尊嚴與靈魂的喪失。儘管恢復記憶的作品還時有誕生，但在寫作中如《齊瓦哥醫生》那樣，把中國記憶的靈魂，歷史深層的民族情感、情緒牢牢抓住的作品我們還沒有。不得不說，那些值得關注的「中國經驗」、「中國記憶」和真正的「民族情感」，在我們的寫作中，不是成為避重就輕的文學背景，就是人物故事的點綴溫情。我們不應該排除這樣「點到為止」，「含蓄曲筆」的寫作，但我們也還應該為在「中國記憶」中有意的「集體失憶」而感到羞愧和良知的忐忑。

也正是這樣，在近年讀到王安憶的《啟蒙時代》、莫言的《生死疲勞》、《蛙》和蘇童的《河岸》、賈平凹的《古爐》時，無論它們是不是作家們最好的作品，無論它們是

否對中國記憶與中國經驗提供沒提供最獨有的歷史思考和文學個性，都會讓人感動和欣慰，感到有一種新的可能的期待。

面對文學自身，今天的文學有過怎樣的探求和堅守

無論如何，一去不再復返的上世紀大陸文學的八、九十年代，是非常值得令人懷舊和想念的。而那個時期興起的「尋根文學」和「新探索」小說，在旗幟紛呈的文學花樣中，給今天的文學帶來了極大的影響和營養。使它們把文學和中國的傳統在幾十年的割斷中接續了起來；也使它們把二十世紀的西方寫作經驗洶湧澎湃地帶進了當時眾多青年作家的筆下。二十幾年過去之後，面對文學自身在大陸經濟爆米花一樣炸裂、繁榮、散發着濃烈香甜、可人胃口的氣味中，我想應該思考的是兩年事：

一是在當下寫作中，我們在藝術上還有什麼探求；二是在思想上，我們還有多少堅守。不從這兩點去思考當代文學，似乎當代文學已經被洶湧而來的社會消費和無止境的人的欲望徹底湮沒和消解。今天大陸的社會狀況，最大的成功與失敗，就是我們用三十年改革開放的時間，徹底地釋放了人在幾十年的歷史中被牢牢禁困的個人欲望。

今天被解放、釋放的個人欲望，無限助長着每個人在現實生活中的娛樂和消費。無處不在的娛樂與消費，又反過來無限擴張着人的本能的欲望和貪婪。在這個勢不可擋的欲望波濤中，作家無論是作為個體人還是社會人，都概莫能外地身在其中，被其濤濤不絕、愈滾愈大的欲望的洪流所夾裹。因此，作家的寫作和日常生活被市場、消費、娛樂乃至網絡和新聞所纏繞；作家在這種消費和娛樂中喪失了自我。寫作徹底淪落為欲望的名利。在今天，文學場也是一個名利場。傳統中寫作的崇高理想被消解。所謂的文學的美與探索和思考，被消費所取代。正是在這種文化背景下，文學不再有了立場和操守。

面對權力，文學不得不或多或少地重新成為服務的工具。

面對金錢，文學成了百貨商場和街頭地攤上的廉價物品。

面對名利，文學成了影視的附庸和一個作家人生的花邊記錄。

正因為這樣，堅守——對一個作家顯得越來越重要。而這兒說的堅守，不簡單是說「要耐得寂寞」；而是說要守住立場，守住情操，守住文學那點單純、美好的理想。

在電視上看到一個新聞，說安徽一個鐵路邊的村莊，家家戶戶、男女老少的職業就是每天、每夜、每一時刻，

都守在鐵路邊偷盜。偷過往火車上的煤碳、水果、蔬菜和可偷的一切。在這個村莊裏，做一個賊是正常的，而不偷不搶是不正常的。就是說，在這個村莊的現實背景下，做一個正常人，守住普通人的那點情操是非常困難的。因為困難，「守住」也就成為了理想。我們當然不該把文壇比為安徽那個人人皆偷的村莊。但我們卻可以把一個作家不向權力獻媚、不向金錢伸手、不向名利彎腰比做在那個村莊努力不偷不摸的普通人。這一點，當代作家中的張承志、史鐵生，還有王安憶等，堪稱楷模。張承志和史鐵生的文學堅守，作家的操守，堪為同代人和晚代寫作的一面鏡子。在這面鏡子面前，我──還有許多同行，相比起來，羞愧是不言而喻的。

所謂堅守，不是讓一個作家坐在書房、足不出戶，守着自己的筆墨文字、清貧自得，自娛自樂。而是要一個作家在堅守中去探求和疑問。而這種探求，也不簡單是如當代文學在上世紀的九十年代前後藝術形式的探索──語言、結構、敍述和文體上孜孜不倦的追求。而是在不捨棄藝術形式的探求中，去探求歷史與現實的根本之所在；探求人在現代社會中的困境和新境遇。今天，大陸的文化官員和批評家，總是抱怨大陸作家有愧於這個偉大的時代，沒有寫出偉大的作品。可對於作家而言，沒有一個時代不是偉大的。每個時代都應該有無愧於那個時代的偉大作

品。大陸的「十年文革」，我們當然不會說那是一個偉大的時代，但那令整個世界都驚顫疼痛的十年，難道不應該有偉大的作品產生嗎？今天三十年的發展與變化，當然應該有無愧於時代的作品。問題出在我們應該如何去看待和理解這個發展着的和那表面已經過去、其實還在延伸、發酵的「革命年代」。如何去探求在今天這個現代社會中，「人」是什麼樣子；「人」有了何樣的變化；「人」有了怎樣的解放和扭曲。探求人、人性和靈魂的根本，用文學去見證其他藝術樣式無法描繪、見證的人性存在和變化，這是文學在堅守中探求的根本。以見證時代之人性的人物而論，巴爾札克的筆下有高老頭和葛朗台，托爾斯泰的筆下有安娜和瑪絲洛娃，福樓拜（Gustave Flaubert）的筆下有愛瑪·盧歐，魯迅的筆下有阿Q，卡夫卡的筆下有格里高爾和土地測量員、馬奎斯的筆下有神奇的上校和他神奇的家族。而在我們的筆下，還沒有那樣一個與複雜的時代之人性相吻合的人物來。就作家在對人與時代的探求論，最終的落腳點是還作家對人──對人物內心與靈魂的探求。這一點，是十九、二十世紀文學留給我們在堅守的探求中最為寶貴的經驗。但我們在堅守的寫作中，還沒有塑造、探求出這個時代最為豐富、複雜和獨有的那個具有時代之人性見證意義的文學人物來。還沒有創作出那樣一部不為權貴、金

錢和名利，也無愧於我們在堅守中探求的那樣的偉大作品來。

　　充斥着對當代作家和當代文學的抱怨，總是大聲疾呼和小聲嘀咕 —— 説作家寫不出一部無愧於偉大時代的偉大作品 —— 可儘管作家在堅守中理解的偉大和他們在鼓與呼中説的偉大有根本的差別，但畢竟，我們所探求的那種有普遍意義並又獨具審美魅力的偉大作品，還沒有真正寫出來。因此，面對堅守中的探求，我們不得不感到深深的不安與疚愧，不得不向讀者、批評者、和自己的書房、鋼筆和稿紙（電腦），低頭表示一種文學的慚愧和對未來努力的期許。

2010 年 4 月 20 日

讓靈魂的光芒穿越佈滿霧霾的頭腦與天空
—— 在挪威文學周的演講

女士們、先生們：

　　挪威對我是個神秘的地方，一如我夢中看到的天堂之風光。倘若這兒不是易卜生（Henrik Ibsen）的故鄉；倘若易卜生的戲劇我沒有真正看過，或我根本不知道易卜生的偉大存在；那麼，我將無法相信挪威的存在。整齊的街道、茂密的森林、湛藍的天空、碧藍透亮的海水，還有彬彬有禮的人們——這，在我的故鄉、在我深愛的國度，只能是夢中的可能。所以，當我踏上這塊美麗的土地，不免會有種亦真亦幻的感覺。好在，我們今天的這個文學活動，坐在這兒熱愛文學、熱愛藝術的同仁，這兒的茶杯、桌子、椅子和大家的呼吸，都在證明着一種真實的存在。

　　挪威透亮的天空，讓我想到了我的祖國天空中長年累月被環境污染的霧霾所籠罩。如你們所簡單了解的中國的境況一樣，我必須以最誠實的態度，去談論我的國家和

我的祖國的文學。中國的經濟發展、中國的社會變化、中國的人心之改變、中國急於融入世界並希望各方面都以自己的方式走向世界前列的態度，如此等等，我作為一個作家，無法像數學家和社會學家一樣報告給你們一串準確的數字。但我作為一個作家，可以告訴你們數學家和社會學家無法告訴你們的人的精神的改變和人的精神的恍惚。是的，人的精神的恍惚，猶如睡眠不足而突然醒來、或睡眠過足而又在醒來後渾身慵懶的那種狀態。今天，我以為我的那些同胞父老和兄弟姐妹們，就在這種恍惚的精神之中。大多數人的頭腦中，一如他生活的天空，總是佈滿塵灰樣佈滿了霧霾——金錢、欲望、房子、車子、地位等等，成了很多人生活的目的，被取而代之的，是人之所以為人的那種高尚的理想。這是今天成千上萬的中國人精神和物質追求的唯一目標。是大家的精神恍惚之所在。錢，成了中國人在中國社會中幾乎是唯一的價值體現。具體到文學創作、具體到作家的寫作，也和這種無數中國人面臨的精神與物質霧霾樣，每個作家都必須面臨兩種霧霾的籠罩：一是天空中霧霾的籠罩；二是作家內心被霧霾的籠罩。

我想，我之所以還配被人稱為一個作家，不僅是因為我寫了多少作品，更是因為我的內心還有誠實的存在。誠實，要求一個作家、要求我必須坦然實在地告訴那些還不了解中國的人們，在中國的寫作，今天，既不是像你們

中間有的人想的那樣，一個作家完全沒有寫作和演說的自由，完全如三十年前中國的政治意識形態統治着人們的思想，違背了那些，就會蹲監改造、入獄判刑。但也不是如有的宣傳說的那樣，因為中國經濟的改革開放，就一切都開放、解放了；一切都隨意自由了。關於寫作，還是我反覆說的那句話，我們的管理方式是：

「寫作有自由，出版有紀律。」

沒有人不讓你寫，但寫完之後，出版和不被出版，卻是有紀律、條文和規定約束的。換句話說，什麼可以寫，什麼不可以寫，這在出版部門都有明確的條文與規定——這就是我說的一個作家天空上的霧霾，無論他承認與否，無論這種霧霾是濃是淡，或時有陰雲密佈，有時又有裂縫日照，但每個作家都必須在這種天空下生活、生存和寫作。但就此而言，我個人認為，今天的中國，畢竟不是三十年前的中國，你的寫作，一旦違背了政策規定，超越了權力的規範和容忍，你就有可能蹲監改造，招來殺身之禍。我在其他地方多次地講，真正影響作家寫作的，不是那些可以看到的規定和政策，而是作家內心中自己給自己設立的和在長期在寫作中無意識形成的防設和政策。是那種看不見的「自設政策」和「自我審查」。自設政策和不自覺的自我審查，遠比國家的政策限制對寫作的傷害更大、更嚴重，一如看不見的敵人，要比看得見的敵人更可

怕。換言之，我們天空中的霧霾雖然濃重、幽暗，影響我們的視力和健康，但個人頭腦中的霧霾，則是更有可能影響人的身體和心靈的明淨，更有可能使人的靈魂恍惚和迷亂，使人的精神污染和骯髒。

如何在寫作中突破、衝破這籠罩在作家頭腦和天空中的塵灰霧霾，我想：一是要求作家要有誠實的人格；二是作家面對真實、現實要有良知和承擔的精神；三是作家要有足夠的藝術才華和能力。

關於一個作家在寫作中誠實的態度，這在其他地方也許是不言而喻、不言自明的常識，但在中國，卻是一個作家的人格理想。中國自清朝解體、辛亥革命之後，近百年來都處在動盪和不間斷的革命與運動之中。無數次的革命運動，教會了我們見人說人話，見鬼說鬼話；也教會了一些作家面對權力獻媚的寫作，面對金錢庸俗的寫作，面對名利貪婪的寫作；教會了中國一些作家在寫作中虛偽、逃避和嘩眾取寵，迎合所需。虛偽、兩面性和指東說西，不僅是一些中國人的生存需要，也是一些作家寫作的作品品性。我想，一個作家如果做不到在日常生活中完全的誠實和不說假話，那麼，你在寫作中應該可以做到、也必須做到。否則，別人稱你為作家時，你會有一種汗顏的感覺。真實——這是藝術的基本要求，也是文學的最高標準，是建立在人格誠實基礎上的藝術的遞進和攀登。只有做人的

誠實，才能決定作文的真實。否則，每個作家面對自己筆下的文字，都會認為自己是真實的，而別人是不夠真實的。

文學的奇妙，就在於它無論是面對真實的社會現實，還是逃避這種尖銳的社會現實，都可以寫出優秀乃至偉大的作品來。這是因為即便逃避社會現實，也可能會有優秀的文字和意境留下來，如中國古代偉大的詩人陶淵明的《桃花源記》。但面對真實這個藝術準則時，你必須寫出人的「理想的真實」和「靈魂的真實」來。而我在這兒說的真實，則更多的是說作家面對尖銳、複雜的社會矛盾，不回避、不逃離、更不粉飾和假話連篇、自欺欺人。在這個真實的基礎上，努力寫出人的靈魂的真實，如易卜生的《玩偶之家》（*A Doll's House*），在面對當時尖銳的家庭和社會矛盾中，寫出娜拉最真實的人生、人性和娜拉作為「人」的光輝的靈魂。

誠實和真實，作為生活中的人，是人的基本品性。但作為文學，就是一種藝術的理想。要實現這種理想，決不簡單地說，是需要一個作家面對現實和特殊複雜的社會限制表現出一種勇氣、良知和承擔的精神，而更需要的是，這種良知和承擔中藝術的才華；需要一種天賦的藝術承擔能力。要堅信，在特殊的如中國那樣的寫作環境中，主動承擔的勇氣，其本身就是一種才華，而不是我們日常說的膽量。否則，文學將不成為文學、詩將不成為詩，小

說也將不再是以審美和思考並存的偉大的小說。作家必須在這種天賦異稟的能力和才華中樹立誠實、真實的立場與態度；必須把藝術的誠實與真實作為文學的理想建立、樹立在人格中、頭腦中，並以最充分的可能，體現在自己的作品裏。讓自己作為一個作家的靈魂，閃爍出耀眼或相對耀眼的光；讓自己作品中的人物和小說的精神，閃灼出人類普遍意義的靈魂的光芒，如易卜生所有戲劇中共同體現的人和人類的理想之光，穿越一個作家頭腦中所纏繞的金錢、權力、名利等欲望的霧霾；穿透現實與社會天空中所雲集密佈的灰暗和霧霾，使其人的靈魂的光芒，在藝術的天空中，照亮人類、人們現實中的黑暗，給每一個讀者，都在精神霧霾的困惑和恍惚中，帶來一線、一片理想、聖潔、明亮的可能。

　　文學不會像權力一樣可以在一瞬間摧毀一切，改變一切。但真正的文學，卻可以在權力、專治和幽暗中發出久遠的光芒，一點一滴地剝離、驅散我們頭腦和天空中的塵灰與霧霾，讓我們從中看到光明，存有希望和理想 —— 這就是文學的力量、美和偉大之所在。

　　昨天，陸續翻譯出版我小說的 FONT FORLAG 出版社的總編把早已絕版不見的 200 年前易卜生先生的挪威首版的《人民公敵》一書作為紀念的禮品送給了我。我想，他

不是送給了我一本古老、罕見的易卜生的書，而是送給了我一束努力穿越頭腦與天空迷霧的偉大的靈魂之光。

2010 年 6 月 4 日，奧斯陸文學中心

唐吉訶德、阿Q和我
——在西班牙馬德里圖書節的演講

女士們、先生們：

身為一個西班牙人是無比幸福的。因為全世界人都知道你們西班牙有這麼一句家喻戶曉的話：「即使我們窮到什麼都沒有時，我們還有一部《唐吉訶德》。」有了《唐吉訶德》，你們就再不會一無所有了，不會貧窮了。你們擁有了理想、正義和不屈不撓的精神。一個人、一個民族、一個國家擁有了這種精神，它就和貧窮、失敗終將告別了。

我們中國擁有什麼精神呢？我們擁有阿Q精神。阿Q不像唐吉訶德那樣充滿着理想和奮鬥不息的浪漫主義情懷，他具體、實在，一生的作為就是在忍受無奈中用精神勝利法來減輕他的痛苦，在絕望中給自己找到不至於絕望的理由。正是這樣一種精神，讓我們的民族和民族中無數窮苦人繁衍生息，在苦難和屈辱中活到今天。

比較唐吉訶德和阿Q這兩個文學形象，他們中間有許多相似之處，也有許多不同之處。也許，通過這樣簡單的比較，我們正可以從某個角度重新理解今天的中國文化

和西班牙文化之差異、文學之差異，從而走向彼此更深刻的對文學的理解，獲得一種彼此精神的溝通。和阿 Q 相比較，唐吉訶德是偉大的。偉大就偉大在唐吉訶德獲有一正義的理想主義。他追求公正、博愛，試圖用騎士的長矛戰勝世界上一切的邪惡與不公。儘管他的行為常常以失敗而告終，乃至於在他的語言、行動上有着荒謬可悲的舉止。也正因為如此，英國的拜倫，才會把唐吉訶德視為笑柄而談論。但拜倫忽視了，即便是笑柄，而他留給西班牙人和全世界的那種正義、博愛的理想，也是我們人類的一筆巨大的精神之財富。唐吉訶德正義、博愛、荒謬不止、奮鬥不息的理想，是今天西班牙取之不竭的精神庫房，是精神金幣的銀行，而這一點，恰恰是中國文化、文學和中國現實中較為缺乏的。

和唐吉訶德相比較，阿 Q 是沒有理想的。阿 Q 是典型的現實主義者。他思想的一切出發點，都是從他自己的生存出發，都是如何可以在屈辱和無奈中怎樣活下去，如何才可以活得輕鬆一點兒。所以，他擁有了活着的法寶，即：精神勝利法。別人打他時，他在心裏偷偷地罵：「你這是兒子打老子！」別人說他畫的圓圈不圓時，他在心裏罵：「孫子才畫得更圓哪！」他就是用這樣的精神勝利法讓自己減輕痛苦，苦中做樂，使自己可以在無比的苦難和屈辱中活下來。

和阿 Q 相比較，唐吉訶德似乎也有一點精神勝利法的感覺，比如他不斷在戰敗之後，想着騎士書中「災難是遊俠騎士分內的應有」這樣的情節。唐吉訶德以此來安慰自己，讓自己的心靈大起來，大到使那心靈成為災難的巨大容器。但仔細分析，這種同為減輕苦難，治療自己肉體與心靈傷痕的方法，卻又有着根本的差別。阿 Q 安慰自己，是希望他自己在當下的現實生活中活得好一點；唐吉訶德對自己的安慰，是希望明天他可以重新出發，開始新的戰鬥和進取，讓自己的腳步距理想的目標更近些。

　　唐吉訶德和阿 Q 的比較，真正的相似之處，大約也就是他們都有直率、質樸，乃至於有些可笑愚腐的外表吧。但在這個外表裏，唐吉訶德的可笑、荒謬卻也是分外可敬、可愛的；而阿 Q 卻是可笑、荒謬和可悲的。唐吉訶德是理想主義浪漫喜劇中包含着悲劇，而阿 Q 是現實主義悲劇中透着可笑的喜劇。唐吉訶德的形象是複雜、豐富，值得我們後人借鑒、學習的；而阿 Q 這個形象是複雜、豐富，是值得我們後人引以為戒、完全不該學習和模仿的。

　　總之，在面對唐吉訶德時，塞萬提斯是面帶笑容的，而面對阿 Q 時，魯迅是眼含淚水的。也許正是因為這個，我們才看到今天的馬德里人是那麼快樂、悠閒，從下午五點鐘吃飯、喝酒，可以一個酒店、一個酒店地換，到晚上十二點才覺得聊天吃飯剛開始，然後換到酒吧間裏去，一

直喝到第二天凌晨才結束。而今天的中國人，北京人，大多都要在無比堵車中，七、八點才可以趕到飯局上，九、十點鐘，就又要匆匆地結束飯局往家趕，因為他們明天早上七點前，必須起床趕着去上班、去掙錢，去為生活而奔波。

這就是唐吉訶德和阿 Q 不同的後人，所處的不同的環境和不同的生活方式和生活態度。很可惜，我是阿 Q 的子孫，而不是唐吉訶德的後代。我的身上有很多阿 Q 那樣的劣根性，比如說短視、忍讓、氣餒、封閉、虛偽和自我滿足的精神勝利與虛榮。可是，我們人類真正需要的，是無論在生活中，還是在寫作中，都是唐吉訶德那樣的一種不屈不撓的奮鬥精神；需要那種不懈地追求公正、真理和博愛的思想。也許有了這一個月兩次的西班牙之行，有了和西班牙朋友、作家的交流，有了這次圖書節的參與，使我更可以從深層和廣義上去理解阿 Q 和唐吉訶德，從更深層去理解哪個叫閻連科的阿 Q 的後代，讓阿 Q 和唐吉訶德作為我生活和寫作的兩面鏡子。一面在左，一面在右。向左看時我會時時注意從阿 Q 身上戒除什麼。向右看時，我會明白在唐吉訶德身上學習什麼。從而讓閻連科成為一個像唐吉訶德那樣的人，在中國的現實中，哪怕是處處碰壁、受辱和失敗，也要永遠懷着一種理想，進行不屈不撓的生活和寫作。

謝謝大家！謝謝大家今天冒雨趕到這兒來，聽一個中國作家對不同語言中不同的兩個經典人物形象的比較和分析。也希望大家有機會，到阿Q的祖國走一走，看一看，希望那時你們在北京的大街上，看到的都是匆忙的唐吉訶德，而不是抱頭鼠竄的阿Q。也希望那時的我，手中拿的不是一支蘸水鋼筆，而是可以寫出文字的唐吉訶德的長矛。

2010 年 6 月 9 日，馬德里

不同語言背景下的文學共通性
—— 在新加坡文學節的演講

女士們、先生們:

我一直以為新加坡離中國很近,如同我家鄉中原鄉村的一戶友好鄰居,彼此和睦,隔牆相望,我在中國咳嗽一聲,新加坡的人走在蔥綠美麗的大街上,一定可以聽到我的咳聲;我在中國的某個山坡上招一下手,新加坡的人,只要站在大海邊,就一定可以看到我舉起的胳膊和不停擺動的手。可是,直到我踏上飛機,我才知道我們彼此竟有那麼遙遠的距離,飛機要在天空飛行六個小時。不用說,我在中國如何大聲的咳嗽和向你們招手,你們是都聽不到也看不到的了 —— 這是兩國間地理的距離,也是彼此文學的距離。正因為這樣的距離,我們才要走到一起,討論文學,交流寫作,以求彼此文學創作的共同提高。

我一直以為,新加坡有兩種官方語言,即英文和中文。可是,到了現在 —— 開會之前,我才知道,新加坡除了英文、中文,還有馬來語和淡米爾語。一個有三千萬人口的島國,官方語言就有四種,這一下讓我感到了新加坡

文化的獨特性和豐富性。說到底，對於文學而言，一切的文化，都需要語言的再現；一切的語言，又都是文學前行的必由之路。所以，當我知道我們這個文學節的小說評獎活動中，其實是有四種語言在同時進行參賽評比時——我們這個大廳中，雖然最多能容納二百人，卻坐有四種語言寫作的不同作家和文學愛好者時，我首先想到的，是什麼力量把我們大家組織在了一起？是什麼讓我們都對文學情有獨鍾？我們對文學的理解又有哪些差異與共通性？換句話說，不同語言背景下的文學共通性到底是什麼？

我想，簡單理解把我們組織在一起的，當然是文學節和文學節組委會那些辛勤的工作者。但是，從深層去說，把我們組織在一起的不是他們，而是文學本身；是文學的美；是文學內在、強大的吸引力；是不同語言、文化背景下那些文學中共同相通的東西，把我們彼此連結在了一起。

首先，無論何種語言的寫作，作家都有用文字語言表達的精神渴望。這是我們大家走到一起的一種語言表達的吸引力。人類的語言千差萬別，但就語言本身去說，世界性的英語，並不比只有少數人可以運用的某種小的語種更高貴。它可以便利，但不可以高貴。正是這樣，我們都有了用自己母語寫作的追求，都有用母語深切表達自己和本民族文化的理想的渴念。用本土語言寫作，我不認為是一個人不懂外語、無法用其具有世界性語言延伸個人與民

族文化記憶的無奈。恰恰相反，用本民族文字語言寫作的本身，就在證明着在語言與語言之間，沒有貴賤之分，沒有高低之分。英語、法語、德語都被我們稱為大語種，具有一定的世界性。單是西班牙語，就有二十多個國家在共同使用。尤其是英語，由於它的特殊地位，幾乎使世界各國的作家，因此都有一個共同的通病和誤區，認為英語出版的成功，才是最大的成功。可是，中國的《紅樓夢》，幾乎沒有一種外語真正的翻譯成功──沒有得到哪個國家讀者真正廣泛的認同，在英語中亦是如此，但又有誰能說它不是偉大的作品呢？今天我們在這個文學大廳內討論文學，其實正是在證明着馬來語和淡米爾語同英文、中文一樣的尊貴。中文並不可以說在世界上有四分之一的十五億人口在使用就高人一等，一如英文被世界各國通用而並不證明它比中國的藏文、蒙古文、新疆文更為高貴樣。我們大家共同坐在這兒，共同被文學創作連結在一起，其實，都首先是在證明着每個作家用其母語寫作其母語的尊貴和偉大，與其他語種相比的平等與尊嚴。為了證明這種平等與尊嚴，而文學創作，則是最可以證明的證據。因而，我說文學不僅是文學，它首先是語言平等尊貴的證明，因為這一點，因為我們在不同語言背景下寫作中自覺不自覺的這種共同、共通的對語言尊嚴的認識，它成為了我們所有

各種語言與作者的共有，是我們今天一同坐在這個大廳的基礎。

第二，不同語言背景下文學對人性共同、共通的見證性。談到文學在世界範圍內的共同點，我們往往會說文學要關心人類共同關注和思考的問題，比如環保、饑餓、戰爭和因全球氣候變暖帶來的人類共同面臨的自然災害等。當然，文學能夠關注這些人類所面臨的共同的困境自然很好，可我不認為這就是不同語言背景下文學最為共同、相通的東西。比如說環境污染，這確實是人類共同的問題，而且幾乎是人人所面臨的問題。然而，這個問題對於不同的人，不同的民族，不同地域生活的人們，其複雜性和深刻性到沒到普遍人性內部的感知和體驗？它給人類的人性帶來了哪些變化？至少目前還沒有那麼清晰和明白。文學直接關心環保和環境，真的不如政治家直接去關心環保和環境。《阿凡達》在全世界的影響，就環保而言，其實不如美國總統對環保的一次搖頭或點頭。但一個總統成百上千次對人性的點頭或搖頭、批文和講話，都不如一部成功的文學作品對人性的描寫和見證。說到底，文學最應該關心的是人們心靈中的問題，而不是心靈以外的問題。而心靈問題的生活表現和社會表現，都是以人性的方式呈現或表演的。文學必須要弄清楚，哪些問題是文學的，哪些問題是政治家的、社會學家的、哲學家和思想家的。不是說文

學不可以關心政治、哲學、思想與環境，而是說，文學去關心這些時，最好是透過人性、透過人的心靈去關注和關心。文學之所以偉大和具有不可替代性，正是別的任何學科，都無法如同文學一樣去見證複雜的人性、情感和人的內心世界——心靈。

十九世紀的文學為什麼那麼偉大？與其說是因為那時有一大批批判現實主義的偉大作家，倒不如說是因為那時有一大批那個時代最複雜的人性的文學見證家。我們說二十世紀的美國文學光輝燦爛時，其實也是因為那個時候有一大批美國作家以不同於十九世紀的文學樣式，見證了不同於十九世紀複雜而深刻的人性。福克納、海明威、亨利·米勒、約瑟夫·海勒、艾倫·金斯堡、傑克·凱魯亞克、索爾·貝婁（Saul Bellow）、托馬斯·品欽（Thomas Pynchon）、寇特·馮內果（Kurt Vonnegut）、費茲傑羅（Francis Fitzgerald），還有從俄羅斯移居美國用英語寫作的納博科夫等，他們都以自己最特有的方式，見證了不同時代和不同環境中最不同的人性。——作家以個人獨有的方式，去發現和見證不同時代和不同文化背景下完全不同的人性，這是世界上各種語言之文學中最為共同、相通的一點，是各種文學最可以讓各種語言的讀者共同理解和接受的一點。

第三，在我們討論不同語言背景下的文學共同和相通之處時，有個共同的悖論是存在的。就是我們閱讀的經典資源幾乎是一致的，而寫作的樣式是完全不同的。比如說，面對文學的經典，無論是新加坡的作家還是中國的作家，無論是歐洲的作家還是美國的作家，再或是拉美的作家，幾乎大家都共同擁有古希臘神話、《一千零一夜》、《唐吉訶德》、莎士比亞、歌德、席勒、但丁和十九世紀星光燦爛的俄羅斯作家群、法國的巴爾札克、雨果、梅里美（Prosper Mérimée）、福樓拜、司湯達（Stendhal）和莫泊桑（Henri Maupassant）等。到了二十世紀，文學發生了天翻地覆的變化，但各種各類的文學經典，雖然不再可以如十九世紀的批判現實主義樣一統天下，如《戰爭與和平》被所有國家的作者和讀者一致叫好樣，連與他的寫作完全不一樣的馬奎斯也倍加稱讚──但那些具有經典意義的作家，卻仍然可以在不同的國家，不同的語言中找到自己最忠誠的知音。如阿根廷的博爾赫斯，他比起寫出《百年孤寂》的馬奎斯和引起二十世紀文學巨大變化的卡夫卡應該是更「小眾」的作家，但在新加坡這兒，他也仍然有他癡迷的讀者，認為世界文學中有了博爾赫斯的寫作，也就有了他認為的文學的純淨和崇高、豐富和獨特。這就說明，我們閱讀經典的資源其實是相當一致的、共同的、相通的。而接下來的問題是，在共有、一致、相通的閱讀背景

下，呈現的是作家表達的完全不一樣的個性和獨立性。只有最具個性的表達，才是最有普遍意義的寫作。以二十世紀文學為例，一部《變形記》和《城堡》，也還可以再加上《審判》，卡夫卡的這三部奇作傑作，成為了二十世紀許多大作家共有的寫作資源。卡繆喜歡卡夫卡，但我們從卡繆獨具個性的寫作中，只可以看到卡繆，而很少可以找到卡夫卡。博爾赫斯喜歡卡夫卡，但博爾赫斯的寫作和卡夫卡南轅北轍。馬奎斯最初寫作深受卡夫卡之影響，但最終成就的馬奎斯，卻和卡夫卡完全不同，他們一樣都獨具其自己藝術的個性和完全不同的文學世界。納博科夫喜歡卡夫卡，《洛麗塔》和卡夫卡的任何小說都沒有瓜葛和絲連。我舉這樣一些例子，是說面對共同的經典閱讀，共同的文學資源，一個成熟作家的努力方向是擺脫它；一個不成熟的作家才會學習它，模仿它。在共同的文學經典資源的背景下，寫作必須去擺脫共有，尋找獨有。博爾赫斯在新加坡有其知音的讀者和作家，這是因為博爾赫斯的寫作，因其最具特色的個性才有了世界意義的普遍性。脫離普遍性，創造獨特性；因其獨特性，方具普遍性。這是被無數作家寫作證明過的一條規律。所以，在我們討論不同語言背景下寫作的共同、共通性時，恰恰不可忽略的是不同語言背景下的最獨特的個人表達。

站在世界文學的高度，以最為個人的母語方式去見證不同時代和文化環境中人性最大的複雜性和差異性。這是我今天發言的一句總結，如同中國成語中的一個詞彙叫「畫龍點睛」的詮釋。意思是，一個畫家百筆千彩，辛辛苦苦，把一條龍畫成了，但那龍是活的還是死的，就看最後用筆點畫龍的眼珠那一點的成敗了。而現在，在我的演講中，是龍也沒有畫好，點睛更為失敗，白白浪費了大家許多時間。

　　非常抱歉，務請原諒！

2010 年 11 月 1 日

尋找、推開與療傷

—— 在澳洲珀斯作家節的三場演講

為了尋找被丟失掉的閻連科

女士們、先生們：

今天我在這兒演講的中心內容就是：「閻連科在哪兒丟失了？閻連科又在哪兒找到了閻連科。」

大家都有這樣的經歷吧 —— 我們回家的時候，手裏拿着開門的鑰匙，可我們又找不到鑰匙在哪兒，因此我們心急如焚，如同無家可歸的孤兒。可結果，經過一陣焦急的尋找之後，發現鑰匙就在我們自己的手裏或口袋。我們不是無家可歸的孤兒，而是有着溫馨家園的兒女，是我們自己忘記了家園的鑰匙在哪兒。忘記了人生、命運最為溫暖的去處的房門鑰匙就在我們自己口袋裏。換句話說，那丟失的並不是開門的鑰匙，而是我們自己把自己的記憶丟失了。失去了自我記憶，我們走在大街上，我們走在人群裏，我們走在這個繁鬧的世界上或寂靜無聲的山谷裏，因

為人多繁華，或因為空寂無人，我們常常會忘記我們在哪兒，我姓什麼，叫什麼，職業是什麼，我要幹什麼。這時候，我們就把自己丟失了。

說到丟失，我以為世界上最容易把自己丟失的地方是中國。其原因有三：一是中國確實人口太多，十三億人口如汪洋大海，一個人在這十三億人口中，正如博爾赫斯說的，如一滴水消失在大海中。二是中國的政治、文化、意識形態和社會管理體制（權力機構和執權者），他們更注重單位、集體和群落，而不注重和關注人作為個體的存在和權力。在那兒，個體人幾乎是不太存在的，你必須在一個單位和集體中才可以顯現和存在。這就如在汪洋大海中一滴水的必然消失樣，但一條莽莽河流（集體）在走入大海時，卻是可以不被忽視而存在於世的。第三，也是更重要的，是中國人更願意、也更習慣於自己把自己丟失掉，讓自己成為人群中的一個點，某個單位和組織中的和別人沒有什麼不同的一員。中國有句老話，叫「槍打出頭鳥」。這是中國的民間俗語，也是中國人千百年來的生存經驗和生存哲學。你要從人群中顯露出來，無論是日常生活，還是革命或者改革，再或就是作家的寫作，顯露出來，就是把「自己」暴露在眾目睽睽之下，就是讓你 —— 個人 —— 一個人的獨立存在和與眾不同，從人群、集體和社會中掙脫開來，擺脫出去。那麼，你是找到了你自己。你找到了

「個人」、「個體」和「自我」。但是，這就意味着你從社會群體中「獨立」而出了，你就背判了大家、社會和建立在大家之上的權力機構，你就必然會成為眾人、集體、社會和權力的靶子，也必然會被眾人、集體、社會和權力所批評、批判乃至於你因「決不悔改」而把你的「自我」消滅和消除，讓你重新消失在汪洋大海的人群裏。

在中國的歷史中，中國人太有了這樣的經驗和教訓。比如上世紀中國的「反右」和「無產階級文化大革命」，給了中國人深刻的教訓和用無數生命和鮮血換來的經驗。就是到了改革開放三十年的今天，「個人」、「自我」和「獨立」，在中國依然被體制和幾乎絕大部分的人們視為「異端」。雖然得到了很大的寬容，但生存的空間，絕沒有我們今天演講這個大廳寬敞和明亮，更沒有澳洲的土地、山水這麼遼闊和壯美。所以說，今天許多許多的中國人，無論是工人、農民、貴族、貧民、富人、窮人、當權者、老百姓和無數的知識分子們──尤其是那些知識分子們，都太明白在集體和社會中的安全性，在「獨立」、「個體」、「自我」中的危險和艱難。在大江大河中隨波逐流、順風而下、看風使舵是中國許多知識分子的生存法則，而逆流而上，迎風博浪只是那些「不識時務」的人的固執和冥頑。一句話，在社會、集體、群落中消失，是一種活着的方

式。而在社會、集體和群落中「獨立」顯現——把你自己從眾多中找出來，卻可能是一種活的危險。

而我，卻是一個希望自己從人群、集體、社會中「獨立」出來的人。希望自己不是在社會集體的消失中活着，而是希望自己不僅從社會集體中獨立出來，而且希望，那個有着寫作自我的閻連科，不僅不被社會、集體所消失，而且還要在這個社會、集體中活着並有所作為和建樹。用最簡單、通俗的話說，過去，我曾經是在社會和人群中因消失活着的人；可現在，多少年來，我希望自己是一個沒有在社會人群中消失而活着的人。是大家可以看到、可以感受、可以觸摸的一個活生生的、有血有肉的「獨立存在的作家」。是一個有獨立精神的閻連科。是一個在世界上許多國家看來似乎不值一提的那個「中國人和中國作家」，一個有自我存在價值的閻連科。

過去，我是毛澤東執政時期的中國人民公社的一個青少年；後來，我是中國改革開放之後的一個鄉、一個村的年輕農民；再後來，我是中國人民解放軍的一個士兵、軍官和軍隊創作室中的創作員。2005 年之後，我離開軍隊，成為北京市作協的專業作家；三年後，又成為中國人民大學以教授的名譽存在的作家。這簡單而又深刻、漫長的經歷，沒有人可以完全知道這幾十年我都經歷了什麼，思考了什麼。你們在這兒，也不需要聽我囉嗦那無休止的我的

人生和命運，但我想要說的，就是在你們看來已經不是什麼問題的一個問題，那就是我想找到我自己，要努力做一個「獨立的作家」，有「自我」的人，有「尊嚴」的寫作者，可以以我自己的聲音發音、唱歌的人。以我自己的腔調、曲譜來唱出自己歌聲的人。因此，我選擇了文學，並且在文學創作中，漸次地明白，只有寫作，才可以讓我自己發出自己的聲音，那怕它不是百靈鳥委婉美麗的歡叫，只是一隻野麻雀的聒噪，那也是一隻麻雀在以它自己的聲音向這個世界做着它自己獨有的表達。

對我來說，只有文學可以幫我完成這一切。

只有文學，可以幫我在中國現實社會的人山人海中，建立起一個人、一個作家的座標，而不至於使我迷失、消失在中國的現實社會的人群和集體裏。一句話，就是用文學在社會集體中尋找那個消失其中的閻連科。用文學讓閻連科獨立、自我地活在你們可以看到並可以找到的中國現實和集體、社會的人群裏。正是為了這些，我開始寫作並將繼續寫下去；寫出了那些不一樣的作品並將會努力地永遠不一樣地寫下去。

2011 年 3 月 3 日

推開另外一扇窗

女士們、先生們：

昨天我講了如何尋找被丟人掉的閻連科——因為害怕丟失在中國現實的汪洋大海中，所以我開始了寫作。但中國可以被稱為作家的人數有上萬人，單每年出版的長篇小說就有兩萬多部。在這上萬個作家中你是哪一個？每年有兩、三萬部長篇小說和中短篇小說集問世，你如果有幸二年、三年寫完了一部小說，而你的小說在這數萬部文學作品中又是哪一本？

我真希望中國乃至全世界，只有一個作家就是我，每隔幾年只出一本書，那就是我的長篇小說或中短篇小說集。可是這種情況可能嗎？這個奢望如同一棵小草希望世界上的森林都消失一模樣；一條小溪希望世界上沒有江河大海樣。不可能，那又該怎麼辦？那就在這作家、作品的大河中，做一個最可以拍岸擊壁、最有力量、也最具藝術個性的浪花吧。為什麼在十九世紀群星燦爛世界作家群中，狄更斯、杜斯妥也夫斯基、巴爾札克、雨果等偉大的作家可以讓我們恆久的尊崇和敬重？為什麼每個坐在這裏的人，一張嘴就可以說出二十世紀一大批的作家和他們的作品來？比如卡夫卡（又是他們）、福克納、海明威、卡謬、博爾赫斯、馬奎斯等。他們的作品，幾乎每一個寫作

者大都讀過，無論你喜歡還是不喜歡。究其原因，其實很簡單，那就是這些作家對人和世界都有一顆博大的心；都對這個世界和人充滿着敏感、焦慮和沒有邊界的愛。作家要做這個世界的兒女，對世界上所有人的生活、生存都充滿着尊崇和中國文化中的孝敬之道。需用自己最為獨有的藝術個性，不斷地去揭示人類或說你所熟知的人們所處的生存之困境。

當我們談到用自己最獨有的方式去揭示人類或你所熟知的人們在所處時代的生存困境時，有一個問題就出現作家面前了。那就是：我們在不同的國度、地域寫作時，我們不僅取材於不同的題材，還要在不同的文化環境中寫作。在有的國家，相對來說，你是想寫什麼就可以寫什麼，想怎麼寫就可以怎麼寫，只要你在文學藝術範圍內。而在另外一些地域或國度，是國家讓你寫什麼你才可以寫什麼，不讓你寫什麼，你就不可以寫什麼。比如今天的北韓——今天中國的情況即不是前者，也不是後者。三十幾年前的中國和今天的北韓——權力對寫作的管制一模樣。然而，今天中國的寫作環境，既不是前者如澳洲樣，也不是後者如北韓一模樣。我們改革開放了三十年，除了經濟上的巨大成就外，還有意識形態的門窗也同時打開了。可這打開的，不是全部的豁然洞口，而是兩扇門只開了一扇門，兩扇窗打開了一扇窗。聰明的人和聰明的作家，有這

一扇打開的門窗，已經可以自由地進出，獲得所需的自由和光明。但還有那些和我這樣愚笨的作家，卻總是希望把所有的門窗都打開，讓所有人們生存、生活的地域、現實和歷史的角落，都可以被文學的光束所照耀。因為，我和許多的中國作家都知道，那被關上的另外一扇門窗的後邊，有着真正值得作家關注的人類生存的暗礁、困境和窘態，是人類——我們所最熟知的人們生活、生存困境的一個暗黑的島嶼、沙洲和太陽沒有照常升起的幽深之山谷。文學的筆觸，沒有深入到這扇門窗之後的暗角，那文學就是只有一隻翅膀的飛鷹，是只有半個嘴巴和半隻舌頭、無法真正發聲、唱歌的鳥雀。這樣的鳥雀雖然在文學的合唱隊伍中，雙唇也不斷啟閉和張開，但那有可能只是濫竽充數的演奏與合唱，而不是真正發出自我聲音的獨唱藝術家。

偉大的歌唱家，必然都是那些最善於獨唱的藝術家，而不是群舞中的一個舞者與合唱中的一員。

今天，有許多的中國作家都非常清晰地認識到了這一點：那就是你是作家你就不僅要愛你可以看見、體驗的人和生活，更要設法去愛那些你看不見的人和他們的生活、生存之困境。去表達他們的生存困境和內心的靈魂，才是作家的愛、敏感和焦慮。澳洲的作家彼得·凱里（Peter Carey）在中國翻譯出版的小說《凱利幫真史》（*True History of the Kelly Gang*），是一部獨具個性的把作家和筆

端深入到澳洲歷史之暗角的成功之作。它在世界其他國家受到的歡迎和好評，相信我們今天坐在這兒的人，都有耳聞和熟知。《凱利幫真史》的成功，不僅是彼得·凱里用他自己最獨有的表述方式進行獨有的小說書寫，更在於作家發現並以其博大的心靈正視了澳洲一百多年前那個十九世紀下半葉匪幫之首內德·凱利和他一家人以及那時貧民生活的困境和反抗。作家用他博大的心靈，去喚醒並融化了那塊土地上被人們遺忘的歷史和人物，使遺忘的土地、人群和同樣有着人類善意之心的最下層的人們的靈魂，綻放出了可以照亮任何地域和人群的偉大的光芒。

我無法定斷《凱利幫真史》是偉大到哪個程度的一部書，但我可以定斷它是作家在推開歷史的另外一扇暗門、暗窗的一次成功之寫作。中國今天的現實和歷史，由於長時間的關門與閉窗，由於直到今天在打開一扇門時還關着另外一扇門，在推開一扇窗時還在關閉着另外一扇窗。所以，今天中國作家的寫作，用不準確的比喻說，我們是用一隻眼睛看世界，在雙色圓珠筆裏，我們還大都是只用單色筆芯在書寫。我們清楚地意識到，文學創作的偉大不在於你去斗膽書寫那些權力不讓你寫你偏要去寫的素材、生活和故事，不在於你總可以把目光盯着並看到那被關閉的門窗和那門窗之後的暗礁、沙洲與潮濕陰暗的存在，而在於一個作家的心靈，不僅可以去溫暖陽光照到的人的冷

涼，更應該去溫暖那些不在陽光之下的人的靈魂的寒冷。只有這樣，才可以說那個作家的心靈是偉大的，一如那個羸弱的心靈可以去溫暖一隻甲殼蟲的身軀之寒樣。如果不是這樣，單單是在技術、技巧、語言、結構等形式上表現個性和藝術，我們就總是覺得這個作家是缺少一些什麼的。正如我們在推崇博爾赫斯的傑出寫作時，最好不要把他和卡夫卡放在一起說。那時候，我們如果說博爾赫斯偉大、傑出時，卡夫卡就沒有詞匯可用了。

因為，卡夫卡幫我們推開了人類生存困境關閉的另外一扇門和另外一扇窗，而就我個人對博爾赫斯的偏見——儘管我非常喜歡他的寫作，可我不得不說，我並不認為他推開了人類生存困境關閉的什麼門和窗。回到我和許多中國作家的寫作上，最後應該老實交待的，就是我們都希望用自己的努力，推開中國現實那關閉的另外一扇門和窗，讓作家心靈的溫暖，可以散發到那關閉的門窗之後的人們在現實和歷史困境中被冰封着的寒冷上。

2011 年 3 月 4 日

選擇為折斷翅膀的麻雀而療傷

女士們、先生們：

我們對文學的嚮往，正如同對天空中一隻鳥雀美麗飛翔的嚮往。下面，我舉這樣一個事例，希望大家可以做出判斷並預以回答：

在你頭頂的藍天白雲之下，自由地飛翔着一隻快樂、健康並有華麗羽毛的小鳥，而在你光禿禿的、可能是寸草不生的黃土地的腳下，困着一隻醜陋的、折斷了翅膀並連其羽毛都顯得稀少、骯髒的麻雀，它奄奄一息，可卻還堅忍地活着。那麼，請問女士們、先生們，你是愛天空飛翔的麗鳥？還是愛地上醜陋而奄奄一息的麻雀？你是歌唱小鳥飛翔的美麗，還是為地上折斷翅膀的麻雀而療傷？當這個問題你必須回答、並必得選擇其一時，我相信大家所有的人，都會說讓天空的小鳥快樂地飛翔去吧，我要首先為地上折斷了翅膀麻雀而療傷。

如果歌頌天空飛翔的小鳥，是浪漫詩人的事情，那就讓詩人浪漫去吧。而為腳下折斷翅膀的小鳥而療傷，是一個值得尊敬的、總是把人之心靈當做他的筆之上帝的作家的事情，那就讓我們為這只折斷了翅膀而奄奄一息的麻雀來療傷吧。為這只瀕臨死亡、但卻還堅忍地活着的麻雀的生命而開口高歌吧。

今天，無論是中國現實中的人，還是現實中的中國文學，都是或者都像是折斷了翅膀而在大土地上掙扎活着的麻雀。就現實而言，我們有太多的富人、太多的權貴，太多的人家裏的人民幣和美元、歐元都如商店中的餐巾紙、衛生紙一樣堆積如山，而各種各樣蓋着無數紅印的這些既是權力的象徵，又可以轉換為鈔票的文件和批文，放在他的寫字台上，鎖在他的保險櫃裏，就像從打印機裏因打印錯誤而退出來的一疊疊的廢紙。他們買一架飛機，就像家裏養了一隻鴿子；買幾輛豪華轎車，就像大街上的工人下班從馬路上騎車而過的破舊自行車。他們的妻子、女兒、情人，坐飛機到南韓美容一次，就像我老家村頭的小姑娘，到村口路邊采了一朵野菊花。可是，於他們相對應的，中國今天還有無數無數的貧困階層，最低層的農人和小人物。在中國的陝西，他們仍然住着每每下雨，都有倒塌危險的窯洞；在中國的甘肅，還有成千上萬的人，捨不得倒掉用過的洗臉水，甚至有家庭還會用那水重新澄清燒開去煮飯。而所謂的「母親水窖」活動搞了二十年，卻還沒有解決他們的飲水問題；在中國的南方貴州，直到今天，北京、上海、廣州等無數大城市的兒童讀書，都有專車接送時，可那裏的孩子，他們讀書卻要每天徒步跑幾十裏的山路，背着乾糧，自己在小學燒飯，因為營養不良而不能正常的發育。在我的老家河南省，在我們縣和我們的

村莊裏，直到今天，人在有病之後，生命結束不是死在醫院的病床上，而是死在自己的家裏，而他們的床頭，擺的不是可以治病的西藥，而是堆的他們的子女上山挖的不可以治病的偏方中草藥。

現實的中國是，當天空飛起一隻漂亮而自由、美麗的小鳥時，就有可能有十隻、二十隻乃至上百和無數隻被折斷翅膀和腿的小鳥必須在地上為了活着而掙扎。當你們看到今天富裕的中國的天空，有一隻隻雄鷹高飛翱翔時，你們看不見有成千上萬、無計其數的生命，為了那隻雄鷹高飛而成了它的腳踏和起飛台。你們看到中國的電視屏幕上，充滿着歌頌和歡樂的笑聲時，你們忘記了在那遼闊的、偏遠的中國鄉村，還有着無數人的哭泣和眼淚。面對這些，面對這樣的現實，小鳥在天空歌唱是一種現實，是一種生活的真實，是不能忽略和否定的事實。而在那天空之下的土地上，也有一隻、幾隻、無數的小鳥，在為了活着而掙扎，這也是現實、事實和真實。當浪漫的詩人選擇了歌頌天空的飛翔時，那麼，我們——選擇的是後者。我，選擇了站在折斷翅膀的麻雀這一邊。

日本作家村上春樹的小說真的沒有什麼了不得，但他拋棄石頭而站在弱者雞蛋一邊的選擇卻是偉大的。我們拋棄美麗的天空和麗鳥，而選擇站在醜陋的麻雀這邊其實也沒有什麼了不得，但我們的這種選擇，在我們的寫作中，

確是應該像契訶夫（Anton Chekhov）站在小人物一邊一樣堅定和明確。

你願意和麻雀一塊去掙扎。願意用你的筆之血液為折斷翅膀的麻雀而療傷。

那麼在現實中，你選擇了站在折斷翅膀的麻雀這一邊，在文學中你能做些什麼呢？難道歌頌小鳥自由的飛翔就寫不出好詩嗎？不。歌頌小鳥的飛翔照樣有許多經典和大詩人。如亞洲的印度詩人泰戈爾（Rabindranath Tagore）、歐洲的愛爾蘭詩人葉芝（William Yeats）、還有拉美的智利詩人聶魯達（Pablo Neruda）那二十四首歌頌愛情這只小鳥的經典詩篇，以及現今在世還十分活躍的日本詩人谷川俊太郎，他最少寫有五十首關於小鳥的詩，其中有許多優秀而經典的詩句。但在中國的傳統中，古代有詩人屈原、杜甫等，他們的詩，鮮明地歌唱在地上掙扎的麻雀而非天空飛翔的美麗的鳥；而到近現代，站在飛翔的小鳥那邊的詩人倒是越來越多了。中國傳統畫中到處是飛翔的小鳥，而罕見有折斷翅膀的麻雀。但在中國現代文學中，站在折斷翅膀的麻雀這邊的作家不僅有着鮮明的立場，而且有着一批偉大的作品，比如魯迅、沈從文和蕭紅、老舍等。但到了新中國之後，一直到今天，我們的文學，幾乎一直都站在飛翔小鳥的那一邊，在歌頌天空的湛藍、小鳥羽毛的美麗和小鳥飛翔時動人的姿態。而那些更多的掙扎

着的折斷了翅膀的麻雀、有着堅忍生命的它們，卻被視而不見了，熟視無睹了。被人們的健忘把記憶抹去了。毫無疑問，作為一個作家或詩人，可以選擇站在藍天和麗鳥那一邊，也可以不做任何選擇地說他站在所有的鳥類和天空、大地共有的立場上。可我作為一個小說家，在中國的現實中，一個必須選擇的人，我將堅定地站在醜陋斷翅的麻雀這一邊，為那斷翅的麻雀去療傷。然而，我作為一個作家站在麻雀這邊時，我並不知道我能不能寫出動人的作品來，但我知道我將背叛天空飛翔的小鳥和那些歌頌飛翔的詩人、作家們。我不知道我的舉止有什麼結果在未來等着我，我只希望我的寫作，我的作品能成為那折斷翅膀後掙扎着的小鳥療傷的、一點一滴的血液和養分，哪怕它根本不能養好一群折斷翅膀的麻雀的傷痛，卻只養好一隻也是值得的；那怕養不好一隻傷痛的小鳥，能讓那隻負傷的小鳥多生出一片羽毛也是值得的。

　　如果有一天，在天空飛翔的群鳥中，有一隻是我為之療傷養好翅膀的麻雀在飛翔，那我將為我的選擇和寫作而驕傲！

2011 年 3 月 5 日

平靜的生活與不平靜的寫作
—— 在悉尼大學孔子學院的演講

女士們、先生們:

　　到孔子學院——雖是仍然在國外,但還是有一種賓至如歸的回家之感。感謝大家的到來,感謝你們讓我感到我的到來,好像很受歡迎似的的同學們的捧場。

　　我講「平靜的生活與不平靜的寫作」,是基於我是第一次到澳洲來,大家對我的生活和寫作都非常關心,如同親人們關心一個失蹤的人或被警察帶走的人,突然出現和冷不丁地回到家。那麼,今天我就講講「我平靜的生活和不平靜的寫作」。

平靜的生活

　　誠實地說,我個人的生活比你們在坐的每一個人都要平靜和幸福。到了我這個年齡,有了太多的經歷和坎坷,所以我已經把平靜和幸福等同起來了。我以為,對我來說,最大的幸福就是在現實生活紛嚷中的平靜,無波

無瀾，起床時能按時喝上妻子為我煮的一包奶——哪怕那奶中有三聚氰胺我都在所不惜；晚上睡覺前，能看到兒子在你眼前晃一下，或接到他一個電話說，他可能晚回家一會兒——這麼說，我好像是剛從監獄出來，曾經妻離子散樣。但情況不是這樣。而是因為，我是一個地道的來自中國北方貧窮鄉村的農民，因為自小的貧窮與饑餓，讓我一生都在意世俗的生活。為了給一個作家世俗生活的滿足找到籍口和理由，我還經常以巴爾札克和杜斯妥也夫斯基為例子，說這兩個人都曾經把寫作的目的確定為是為了掙稿費。前者為了有很多的稿費就可以去貴婦人的圈子裏混；後者掙稿費是為了還賭債。而且，這兩個人懷著極其世俗之目的，卻都寫出了偉大的作品，成了偉大的作家。當然，我懷著世俗的目的，卻是寫不出偉大作品的。我曾說，我最初寫作的目的是為了逃離土地而進城。而今這個目的已經實現了，很早就把家從河南搬到了北京。北京的房價那麼貴，我還靠稿費買了比較大的房，我還有什麼不滿足的呢？

對於權力，我年輕時曾經渴望過，也曾經為了入黨、提幹給領導送過禮。為了當官，有段時間我每天都給領導加班去寫講話稿。在自己寫的論文上不僅署上領導的名字，還把領導的名子署在前邊。到最後就干脆只署領導的名子而不署自己的名字了——這也是為了當官而送禮。是

一種更為隱蔽的送上的名譽、榮譽之禮。但現在，我不想這些了。也決然不會再做這些了。而是變得對權力有了一種恐懼感，恨不得逃到某個沒有權力對人的管理的某個地方去。離權力越遠越好，就像小偷離警察越遠越好樣。

對於金錢，我是真的覺得多了要比少了好，但我不會為此渴望和努力。不會去為之而奮鬥。我現在在北京的人民大學，工資偏高，已經可以維持我一家在北京的正常開支了。我的小說如果正常出版，也有相對穩定的讀者群，有比一般作家收入偏高的版稅。我河南農村老家的那些有血緣關係的親人們，他們在那兒，不是日子過得最好的，但在那個村莊也是不錯的。我也有能力定期幫助他們，給他們一定的補貼。我父親下世很早。我母親經常對我說：「你父親太沒福了，他活着時想吃一個雞蛋都困難，現在他把福氣都留給我了。」我母親已經將近八十歲，她說得最多的一句話是：「人家都說我是村裏過得早好的老婆婆，到村頭大街上想買什麼就可以買什麼。」如此說，我確實過得很好了。家裏人也過到可以因為知足而常樂了。我又不會像杜斯妥也夫斯基那樣去賭場，賭到最後必須靠寫稿還賭債。中國也沒有法國式的貴族，也沒有十九世紀巴黎社會中巴爾札克要混的貴婦人圈。如此，我要那麼多錢幹什麼？錢再多，我還是愛吃河南家鄉麵，而對山珍海味沒有大興趣。

對於名聲，如毛澤東所說：「實事求是。」我年輕時朝思暮想。可現在，我可以看得很淡了。中國有個國家文學獎，叫魯迅文學獎，第一屆評獎時，我的《黃金洞》參加，那是九十年代中期，我三十幾歲，名利心很重，確實是給兩個評委打過電話的，請他們投上我一票，儘管那是一部確實不錯的中篇。到第二屆評獎時，《年月日》參加，我和誰都沒打過電話，沒說過一句請他們投票的話。這不是說我這時名利心就淡了多少，而是盲目、自負地覺得，以《年月日》的藝術性和獨創性，那樣的小說沒評上，會讓評委良心不安的，所以沒有打電話。後來事實證明，它就差一點沒評上。到第三屆魯迅獎評獎時，我的短篇《黑豬毛・白豬毛》參加評獎，希望很大，最後落選。後來有知情人士告訴我說，評獎到了最後時刻，有個評委說：「閻連科連個電話都沒打，人家根本不在乎這個獎，我們為什麼要追着屁股把獎送給人家呢？」也就讓這篇小說在獲獎和不獲獎的猶豫中下來了。下就下來吧。我那時早已過了四十而不惑的年齡，知道把獎給別人確實比給我更有實際意義。中國還有個大獎叫茅盾文學獎。聽說當年我的長篇《日光流年》是很有希望的，但我連評獎的經過問都不去問。《受活》在那屆評「茅獎」時，《為人民服務》遭禁捅了打漏子，那時出版社是把《受活》上報的，但具說初評的第一輪，不是說要討論把哪些作品評上去，而是說先把

哪些作品拿下來，不讓它入選。於是《受活》就第一個下來了。對於這些，我都覺得很正常，無所謂。我是真的把名利看得很淡了。這不是覺悟，而是年齡。我已經年過半百了，或多或少，真的更在意文學而不那麼在意名利了。你每出版一本書，第一版都可以印十萬冊左右，這不是已經很有名了嗎？你還想怎麼樣？

所以，現實生活中，我不再那麼看重權力、金錢、榮譽這些了。或者說，至少不再像年輕時候那麼在意了。現在，我只想有相對健康的身體，過一種平靜的生活：早上7點鐘起床，8點鐘坐下寫作，兩個小時後寫上兩千字，到此打住，離開書房看看 NBA，下午進行必要的應酬和聊天與談話，晚上九點鐘左右就上床，看一會書就睡覺。

北京的生活是相當煩亂的。我的原則是把每天上午交給我自己，把所有的應酬、煩亂安排到下午去。把白天的一半時間給自己，一半時間給別人。把晚上的多半時間給睡眠，少半或更少的但一定、必須要有時間給閱讀。如此說，我不是過得非常平靜幸福嗎？請在座的每一位放心，我現在是一個過上平靜生活而無太多欲望、雜念的一個很幸福的人。

我個人以為我比你們都幸福。

不平靜的寫作

　　一談到不平靜的寫作，所有人都會想到你有三、四本書被禁掉。《夏日落》、《為人民服務》和《丁莊夢》，還有剛才一進門就有人問我的去年完成的長篇小說《四書》，在中國已經旅行了十五、六家出版機構，均未出版之可能。《受活》和《堅硬如水》，又都是備受爭議的小說。如此，你就變成了一個在許多地方一介紹我，大都要說的「中國最受爭議的作家」──尤其在海外各國，這樣的介紹，好像是給了我巨大的榮譽與褒獎。無論你的作品被禁還是被爭議，這兒我想說的是，大家不要把禁書當成榮譽和信任。必須要明白，禁書並不一定就是好作品。禁書和被爭論不能和優秀作品劃等號。索贊尼辛的《古拉格群島》是禁書，是因為那部偉大作品中有偉大的靈魂和良知。巴斯特納克的《齊瓦哥醫生》被禁，那是因為那部書是一首盪氣迴腸的關於人的靈魂被魔鬼煎熬的悲苦的長篇敘事詩。還有美國作家米勒的《北回歸線》（*Tropic of Cancer*），艾倫・金斯堡的《嚎叫》和俄裔美籍作家納博科夫的《洛麗塔》、英國作家勞倫斯的《查泰萊夫人的情人》、拉美作家略薩的《城市與狗》（*The Time of the Hero*），博爾赫斯被禁的短篇小說集、土耳其作家帕慕克（Orhan Pamuk）的《雪》（*Snow*），等等等等，這些被禁的作品，確實是堪稱

偉大和傑作，是世界文學中的瑰寶。但被禁在中國就不一樣了。中國的常規情況是，幾乎每年都會有一些出版物被禁止出版或出版後禁止發行或再版。以小說而論，這不等於你的小說被禁、被爭論就是好作品，不等於你的小說就對人、靈魂、現實有巨大的關注、愛和悲憫。從藝術上具有獨立的個性與探索精神這個角度去說，以中國古典小說《金瓶梅》為例，它確實是世代被爭論的一部偉大小說，到今天，在中國還不能公開出版，可從文學角度去說，其中許多關於性的描寫，也確確實實有多餘之感。以為自己來說，在被禁掉的小說中，《夏日落》在中國的軍事文學中有一定意義和價值，但放到整個中國文學中去看，那也就是一部還不錯的傳統寫實主義作品而已，達到那個藝術水準的中國小說不知有多少。《為人民服務》影響巨大，可那是我不太滿意的作品，其故事和《堅硬如水》的相似性讓人不可忍受，如果你們有機會看到《堅硬如水》，你們就會明白這兩部小說孰高孰低了。這這幾本被禁的小說中，相比之下，《丁莊夢》和《四書》好一些。從藝術探索和中國現實的結合上說，從對人的理解和愛，以及小說的敘述和結構上講，在這些小說中，不理想的是《為人民服務》，我最滿意的是《四書》。

　　關於不平靜的寫作，有機會我們可以細談那些被禁之作的「不平靜的風波」。這兒，關於不平靜，我要說的第

二點，是什麼決定了我寫作的不平靜 —— 是現實。是中國的現實生活。中國今天的現實 —— 我總是反覆去說 —— 每一個作家也都會認同，那就是現實生活的複雜性、荒誕性、深刻性遠遠超出我們作家虛構出的文學故事的荒誕、複雜和深刻。換句話說，生活比文學更豐富，生活比文學更文學，生活比虛構更虛構。現實中所發生的事情，比小說故事更為引人和揪心。你們在澳洲道聽途說的，在網上看到的，哪一件事情不驚心動魄、離奇古怪，而又不是實實在在呢？

中國沒有平靜的現實。到今天，山西煤窯還不斷塌方死人、瓦斯爆炸，死十個、二十個人都算不上大新聞，記者都懶得去報道。毒奶粉、紅雞蛋、地溝油、假發票，人們談論、評價的語速沒有事情的頻繁發生快，最後變得這些事情如果不發生倒是有些不可思議了。拆遷中的暴力和無法可依、隨意強拆，聽多了就像吃米飯時嚼到了一粒沙，沒有什麼值得驚訝奇怪的。這樣不平靜的現實，它如何讓一個關注現實的作家寫出平靜如水的作品呢？沈從文的《邊城》「平靜」而美麗，可那樣的作品魯迅寫不來。因為魯迅全部的血流和脈跳，都和那時中國的現實是同步同台的。所以，一個作家不關注今天中國的現實，你可能寫出非常有韻味，而且也備受歡迎的平靜而美麗的作品來，如沈從文和汪曾祺那樣的小說。汪曾祺可能大家不熟悉，

但他的《受戒》、《大淖紀事》是我說的那種「平靜寫作」的代表作。而我，確實喜歡那樣的作品，可又寫不來，也不會特意去寫那類的作品去，原因就是我的出身、我的經歷、我的世界觀和文學觀，使我不能不關注當下的中國現實。我寫作的重要資源——我家鄉的那塊土地，也確實不是一塊平靜的土地。說到底，小說在某一方面它是經驗的產物。經驗往往決定小說的品相。一如中國景德鎮的土壤決定景德鎮的瓷器；中國茅台鎮的水源決定茅台酒的醇香；澳洲的鐵礦石，決定中國煉鋼廠煉出來鋼鐵的好壞。我關注今天中國的現實，我就只能寫出那些不平靜的小說，我就只能有不平靜的寫作現實和文學生活，而非閻連科的有意而為之和「頂風作案」所產生的奇異和動盪。

關於不平靜寫作的緣故之三——我剛才說茅台酒的漿香主要是因為茅台鎮的水，但不能忽視茅台酒獨有的配方和釀制。用這樣的水而不用它的配方和釀制之方法，如我家鄉的釀酒方法生產出來的肯定不是茅台酒，而是杜康酒，或是既非茅台、也非杜康的另外一種酒。用景德鎮的泥土到河南去燒制，那就既不是景德鎮的瓷，也不是河南的鈞瓷、汝瓷和唐三彩，而是非驢非馬的另外一種瓷。用你們澳洲的鐵礦石煉出的鋼鐵，讓日本人就能做出精細美觀的轎車來，而中國人覺得這鋼鐵修橋、蓋樓、搭那粗糙而不美觀的建築腳手架倒是很得體。這就說明，同樣的材

料，在不同人的手裏，經過不同的工藝，其結果不僅完全不同，可能還會是南轅北轍和大相徑庭的。

小說的相貌和藝術之血脈，不僅靠素材所決定，還要靠小說家的藝術個性所決定。為什麼說個性就是作家的生命力和創造力？那就是因為，同一故事交給兩個作家寫作，完全會產生出幾乎完全不同的兩部小說來。一件小事，給了托爾斯泰可能就是一部鴻篇巨制；一件驚天大事；到了博爾赫斯那兒，可能就是一個小小說。為什麼會這樣？作家的藝術氣質、藝術個性和文學觀決定了這一切。我是一個在小說中感受不到故事和人物有某種內心疼痛我就不會去寫、也無法去寫的小說家。疼痛感——常常會是我寫作的發動機。疼痛到無法忍受了，我就開始寫作了。寫作是我解除疼痛的過程和醫療。巨大的疼痛是我小說的靈魂和血脈。當然，還有表現疼痛的方法、技術、經驗和求新的追求。就是說，我希望用我的而不是別人的語言、敍述、結構和形式去表現那我深感疼痛的故事和人物，去展現人在現實中的窘態、困境、荒謬和無奈。「用我自己的方法，去釀制小說中不一樣的烈性酒」。這就是我寫作的秘訣，這個秘訣和中國不平靜的現實一道，大體創造出了我不可能平靜的寫作來。

平靜生活和不平靜寫作的未來

　　無論是追求一種不平靜的寫作，還是不得不進行一種不平靜的寫作，但這種不平靜的寫作，都讓你離不開對人和現實那種近乎偏執的關注。這種寫作要消耗掉大量的激情、冒險的精神和憤怒的爆發與克制，要求你對小說藝術有更高的理解和造詣。文學造詣是這種寫作不流於表面、簡單和被事件敘述、故事跌盪所左右的保證。《古拉格群島》是偉大的，但我們不能不說它在藝術是相對簡單的。當然，也有人會說恰恰因為簡單才有力、才真實。會說在奧斯維辛寫詩是卑陋的。但我作為今天一個讀者不能不承認，我們單單要把一部書當做藝術作品欣賞時，《齊瓦哥醫生》則相對《古拉格群島》更為完整和更有藝術的審美感。我們不太會說《小徑分岔的花園》（*The Garden of Forking Paths*）是偉大的作品，但它獨具魅力的藝術個性卻不是《城市與狗》可以替代的。有人說《麥田捕手》不過是一部三流作品，但它其中的小說韻味卻和《北回歸線》、《第二十二條軍規》（*Catch-22*）、《嚎叫》與《在路上》那些備受爭議的小說確實是完全不一樣。從寫作本身去說，作家應該使自己的寫作更具獨創性，具備更加獨特的藝術個性和張力，只有如此，它才更為值得關注和經得注時間的淘

洗，而不是文學大浪之浪花，潮夕中的咆哮，之後就風平浪靜，煙消而雲散了。

這種「不平靜的寫作」，從本質上去說，它一方面仰仗作家的膽略、正直、良知和責任，另一方面它更仰仗的是作家對文學的那種宗教情懷，仰仗的是作家不同凡俗的文學造詣和創造力。一句話，它仰仗作家那來自靈魂的巨大的愛和無可比擬的強大的內心的藝術力量。當這種來自內心的藝術的力量減弱或耗盡時，這種寫作就勢必從顛峰開始下滑，勢必從自己的山峰朝着自己的山谷滾下去。上一世紀美國作家卡波提（Truman Capote）以其《蒂凡尼的早餐》飲譽文壇，而真正為他贏得受世人尊敬並抬頭仰之的是 1966 年問世的《冷血》。許多人把《冷血》視為曠世傑作，美國當代文學的分水嶺，最不平靜的作品。但這之後，卡波特就沉寂下來了，完全失去創作力，沉溺於放縱奢靡，最後因用藥過度而猝死於朋友家裏。這樣的結局，表面看是卡波特的放縱，而內裏是他內心的強大，坍塌在了文學的祭壇上；來自靈魂的力量，不再與他一路同行了。與此相論，納博科夫是偉大的，他沒有因為《洛麗塔》不能在美國首先出版而氣餒，也沒有因為在英國是作為黃色小說出版，只是因為格雷厄姆・格林（Henry Greene）的喜愛才進入了正統文學的行列，而後回到美國出版才暴得大名而自得。納博科夫永遠有自己的文學觀，有一顆強大

的文學心臟和內心之力量。所以，他才不會像卡波特那樣從高峰一下跌入山谷裏。

內心強大的藝術力量，是不平靜寫作的加油站和發動機，失去了內心的藝術力量，就失去了這種寫作的原動力和文學心臟跳動的起博器。然而，一個人、一個作家卻是最終要停止心跳的，最終要失去內心力量的——激情、憤怒和膽略，公義、良知和責任，以及你駕馭這些、表現這些的藝術造詣和藝術感覺，對人、生活的愛和悲憫心，都會被社會體制和一天天增多的白髮所取代。那麼，就趁歲月還沒有最後把你的靈魂和內力所吞沒，趁有力量時，去做那些可以做出並可能做好的事，去寫那些必須寫也有可能寫好的小說吧。等到內心的力量因為歲月和別的原因使你失去或不能揮發創造時，那就徹底地放下筆來，過一種真正的、平靜的生活而旁觀這世界，直到停止呼吸和與你的親人們不得不再見！

2011 年 3 月 10 日

避不開的文學與政治
——在紐約作家節的演講

女士們、先生們：

這次到紐約參加作家節，一下飛機就不斷有美國朋友向我打聽那些在中國發生的最為遺憾而敏感的事件。剛才聽了作家節組委會主席的開幕式祝辭，再一次讓我感到，美國人對中國政治的關心，如同中國人對美國鈔票的關心。我知道，我今天在這兒已經避不開政治這個話題了。我逃避了這個話題，所有的美國讀者都會認為我不是一個真正的作家，而是中國的一個有頭有腦的公務員，狡猾如兔，知道如何逃避尖銳矛盾的國家幹部。但如果我大談政治，中國的讀者和同行朋友乃至我們的政府，也同樣會認為我不是一個真正的作家，而是一個寫作的政治投機商。在西方和美國寫作，大約是不能不談政治的，不談政治你就是不承擔社會之責任。但在東方的中國寫作，最好是不要去談論政治的，談多了人家會說你這個作家是不夠純粹的。

因為我今天是站在紐約這兒演講的中國作家，我想我沒有理由回避政治，也不願意回避這一點。就中國的文學與政治而言，第一，文學要為政治服務。在中國寫作，幾十年來我們推行的文藝政策，就是文學要為政治服務。文學要從屬於政治。政治在社會生活中高於一切，也大於一切。這樣的觀點你們並不陌生，但你們可能不太理解。可我卻是熟悉並且理解的，因為六十年來或者近百年來，辛亥革命之後，政治生活一直是中國人最重要的社會生活。是所有社會生活的核心。而這個社會生活，又深入、普及到工廠、田野和城鄉的幾乎所有家庭的婚姻和日常。就是今天中國改革開放了 30 幾年，經濟建設、經濟生活已經成了中國人的社會生活和日常生活，但在很多時間和場景中，這個經濟建設、經濟生活還是建立在政治建設、政治生活的基礎上。就是說，在今天許許多多的時候，政治都在各種生活中扮演着權威父親的角色。他領導着一切、架構着一切。他才是一座大廈的地基與鋼筋和水泥。那麼，既然這樣，他怎麼可以不領導文學呢？像一個充滿家庭專制的父親，他怎麼會讓他的子女隨意戀愛、隨意追求、隨意超越家規家訓地自由無羈、大喚大叫、大說大笑呢？

如此着，你們大概可以理解在中國政治與文學的關係了。可是，還必須誠實的說清第二點，在政治的天空下，文學有它的空間和舞台。中國說到底改革開放了三十年，

政治在文學中的地位變化是：從「文學必須為政治服務」，變成了「要唱響主旋律」——即要讓那些為政治服務的文藝作品——當然包括文學作品在內，在整個文藝作品中調子高、聲音大，站在文藝、文學舞台的最中央，是天然的、合法的、正統的男主角、女一號。至於如何讓這類「主旋律」的作品唱得更響，聽眾更多、覆蓋面更大，我們把這個分析、研究留給那些專門研究中國文藝政策的人。而我在這兒要說的是，從「文學要為政治服務」到「唱響主旋律」的變化，這中間有一個最重要的寫作變化之空間，那就是文藝也可以不為政治服務了，也可以在主旋律之外，有另外的旋律和聲音了。在一台大合唱式交響樂中，有主唱也是需要配唱和別的聲調樂曲的；在華麗的鋼琴的旁邊，是可以有小提琴、大提琴和銅號、民樂伴奏的。

今天中國文學與政治的場景，就是主旋律的鋼琴旁邊開始有了小提琴、大提琴、銅號，以及中國的民間音樂二胡、鎖吶等。有意義的事情就在這兒。而這些本來是伴奏的音樂手，卻又恰恰是最有才華的音樂家，他們伴奏的角色在舞台上喧賓奪主了，因為唱主旋律的歌手和演奏家，對音樂缺少一種生命的體驗和理解，或者他們的出場，本來就不是為了音樂和觀眾，而只是為了出場費或者有一天可以晉升為樂團團長。所以，他們雖然是主角，其舞台光彩卻被配角們的才華和投入完全奪走了。

中國的文學正是這樣兒——那些受到關注、歡迎、寫出優秀作品的作家，恰恰是站在文學舞台配角位置上的作家們。他們深知文學不能為政治服務，文學也不能以反對政治為己任——這中間有個平衡點，在這個點上站穩腳跟，不左不右，或者稍稍左一點再或稍稍右一點，寫出的作品就恰恰既屬於文學的，也屬於讀者和批評家們的。既可以不為政治服務，又可以不反對政治；既可以讓讀者滿意，也可以因為沒有諷刺權利、批判政治而讓政治家們放心和滿意；既可以讓中國人說好，也可以讓外國人說好。那麼，既然左右、上下都討好，國內國外都稱道，作家何樂而不為？請問，如果一個餐館廚師做出的菜，明明所有的顧客都喜歡，他為什麼還要去做那一百個人只有幾個顧客喜歡的稀品炒菜哪？

第三，文學與政治的奇妙，在於文學遠離政治照樣可以寫出好作品。以美國文學而論，我們不得不面對一個讓美國人民驕傲的事實，那就是中國作家和中國讀者對美國作家和作品的熟悉，如同美國作家和讀者不那麼熟悉中國作家和作品一樣使人驚訝和感歎。從早期十九世紀開始活躍的梭羅（Henry Thoreau）、威拉‧凱瑟（Willa Cather）、愛倫‧坡（Edgar Poe）、馬克‧吐溫（Mark Twain）和傑克‧倫敦（Jack London），歐‧亨利（O. Henry），再到後來20世紀的費茲傑羅、福克納、海明威以及約瑟夫‧海勒，

亨利‧米勒和「垮掉的一代」中的凱魯亞克與艾倫‧金斯堡等等，還有今天在世界文壇活躍的保羅‧奧斯特（Paul Auster）和菲利普‧羅斯（Philip Roth）等。他們中間有相當關注政治和社會生活的作家，也有不那麼關注政治和社會現實的。以海明威為例，他的《喪鐘為誰而鳴》（*For Whom the Bell Tolls*），對戰爭和政治的參與，如同饑餓者對美食的嚮往。可他的《老人與海》卻是遠離政治又遠離社會現實的，其結果，這兩部卻同樣是偉大的，被人稱道的傳世佳作。還有在中國有無數讀者的沙林傑（Jerome D. Salinger）的《麥田捕手》與因為被日本作家村上春樹喜愛而被中國年輕人大加推崇的卡波提的《蒂凡尼的早餐》，它們都遠離政治，又都不乏小說的優秀品質和流傳之元素。這樣的例子在美國小說中舉不勝舉，在世界文學中群星如燦，它們共同證明了一條文學規律，即：文學就是文學，政治就是政治。文學不僅可以逃離、遠離政治，而且可能因為逃離和遠離政治才更具有文學意義，才可能使作家和作品走向流傳和經典。

第四，文學可以永遠、徹底的逃離、遠離政治嗎？在中國當代文學中，有一個非常有趣而悖論的現象，那就是從政府的權力部門，到今天各方面的作家和讀者，都對中國作家魯迅倍加推崇。魯迅在中國就是俄羅斯的托爾斯泰，法國的巴爾札克，英國的莎士比亞，德國的歌德，意

大利的但丁，西班牙的塞凡提斯（Miguel de Cervantes）。是美國的誰？我還說不太清楚。但他毫無疑問，是中國當代的文學之神靈。然而，我們一邊把魯迅敬為文學之神，又一邊並不大力主張作家們都去繼承魯迅對社會現實和政治入木三分、鞭辟入裏的批判精神。政府和文壇，都擔心如果每個作家都是魯迅，那麼這個社會將會變得一盤散沙，各自為政，失去秩序。可是，如果一個國家眾多的作家，都不繼承這種偉大的對社會現實生活介入和批判精神的文學傳統，那麼，文學是不是會又出現了另外的問題？一百年來，中國的歷史，其實也就是一部錯綜複雜的政治革命史，可整個作家如果都遠離政治和革命，那是不是又有了另外的偏頗和問題？更何況，政治生活在中國並不簡單是那些政治家的事，而是每個老百姓日常生活的一部分。比如中國的計劃生育，這是一個十幾億人口的生育計劃問題，可他實施的方法卻是以政治手段落實的。中國的拆遷，這是一個城市建設和經濟發展的問題，可它也是靠權力和政治及金錢的結合落實的。2008 年的奧運會，是個世界體育的盛會，可你們總說那是讓人體會到一種政治體育的奧運會。對於農民，政府讓你種煙葉，你就不能種小麥，讓你種高粱，你就不能種大豆。這究竟是農業還是政治？是農民的日常還是異常？總之，作為一個中國作家，你可以逃避、遠離政治而寫作，但不應該一生都逃避和遠

離。可以有無數作家逃避和遠離，但不應該所有的作家都在逃避和遠離。應該有那麼幾位敢於介入、並敢於對中國政治、權力、社會現實充滿批判、嘲諷的作家和幾部那樣充滿藝術張力的作品。

第五，文學為王，政治為民；文學為盛宴，政治只是文學餐桌上的一道辣菜。當我們説到文學可以參與政治和社會生活、並以尖銳的批判獲得小説的藝術力量時，有一個錯誤的觀點被糾正過來了：那就是在政治家那兒，我們可以理解他政治高於一切，文學為政治服務的觀點、政策和一切為此的落實措施，行政手段。但在文學家面前，在一個成熟的作家那兒，卻必須是藝術高於一切，政治為文學服務的。就是説，在文學和政治的關係中，文學是大於政治的，領導政治的。作家如果不在寫作中以藝術為靈魂，那一定是荒唐可笑的，註定失敗的。在政治生活中政治為王，文學為民也許是可以理解的；但在文學創作中，藝術為王，政治為臣為民，卻是作家必須理解和明白的。我們在寫作中可以遠離政治與現實，但在你決定或不得不介入，無論如何不能遠離時，那就必須要考慮文學對政治的統領和超越。在文學的盛宴上，政治不過是這桌盛宴的一道辣菜或各種炒菜的一種配料或宴後、宴間的一道湯。至於如何在政治進入文學時，讓藝術大於政治，統領政治，而政治不過是你文學大宴中的一道菜——一句話，如

果文學不能遠離政治時,如何讓文學超越、而不是逃避和遠離中國的現實與政治,那則是一個作家的藝術修養、創造力和他寫作的秘笈與法寶。說到這秘笈和法寶到底是什麼,無論是我,還是別國作家的同行們,怕都不會把這獨家秘笈輕易傳授給別人的,那是作家的隱私和寫作之秘密。

謝謝大家,我把什麼都講了,僅把這一點傳家之寶留給我自己,希望你們可以諒解並原諒。

2011 年 4 月 27 日

心與土地

——在南韓梨花女子大學研究生院的演講

同學們：

大家下午好！

這次到首爾來，是因為我的長篇家族散文《我與父輩》韓文版的出版。用中國最直切的話說，就是來宣傳這本書。宣傳——在中國更可能被理解為是炒作，但在這兒，我希望大家把宣傳理解為「對一本書共同的閱讀與交流」。

《我與父輩》在中國受到讀者的喜愛，出乎我的意料。這是我多少年來的寫作中出現的大家都說好而不說壞的一次例外。這也說明，親情、溫暖和人在生存中堅韌的活着的那種精神，是所有人共有並共同尊重的。因此，我也相信韓國讀者，對這本小書中的表達會有同感同受，可以和中國讀者一樣喜歡《我與父輩》，表揚作者閻連科，而不是如我此前的寫作樣，批評我的寫作成了許多人共同的志向。

我的寫作，在這許多年來，都磕磕絆絆，行走在某種「背離」的道路上，被人失望，被人短長，乃至被大家無休止的批評和唾棄。對此，我都習以為常到如同在北京的環

境裏，擦淨了桌子必然還會落灰樣，而永遠的不去擦它，倒也不覺得桌子上有多少灰塵了。不擦不抹，不管不顧，有着一種好，就是反而可以放下包袱，真正隨心所欲而為之，不管讀者，不管評家，只管自己的內心——把文學簡單到只有一個標準，或說只有一條最為重要的標準，就是在你的寫作中，你把你的內心交付出去了，有多少人說好說壞，你就不用管它了。然而話又說回來，交付內心是有着方式、方法的。寫散文、寫小說，你不可能像舞台劇那樣喚着、表演着；也不可能如電影那樣，在鏡頭前表演和對生活與人物進行最逼真的模仿。散文或小說，你交付內心的渠道，甚至不是語言與構思，不是人物和故事，更不是技巧與技術。最好的交付的方法是，從實寫來，讓你和土地溶在一塊兒；把你的心，交給土地就行了。那塊土地上有房舍、有河道、有人流，有寂寞和繁鬧、有恐懼和安慰、有出生和離去。那塊土地，雖然貧窮，卻也富裕到應有盡有，你在寫作中缺什麼它就有什麼；在寫作中什麼多到了極處它就反而缺着什麼了。你的心，無法把方方面面都照顧周全、平均分配，讓世事萬象，在你的寫作中都得到你的周全、你的愛。那麼，就把你最真實的內心交還給土地——把你所有的情感，都放在那塊或窮或富得土地上。土地是你情感的庫藏，是你的心之落處和存放之處。把你的心交給土地了，完完全全、無所保留的交給土地

了，土地會適時宜量地把你的心分配給那塊土地上的人、那塊土地上的事，和那塊土地上的植物、動物和氣流。

你所要去做的、能夠去做的，就是把你的心交給那土地。《我與父輩》的寫作，正是把心交給土地——而不是交給你筆下創造的人物、語言、敘述和技巧的一次努力和嘗試。我寫過很多帶着強烈嘗試的小說，如《日光流年》、《堅硬如水》、《受活》、《丁莊夢》和《風雅頌》等，我需要一次不帶任何嘗試的寫作和回歸，從走得很遠的絕峰回到踏踏實實、扎扎實實的土地上，讓寫作中的張揚、狂歡和有意壓抑的情感，一是一、二是二地回到土地的純淨和質樸中，把敘述中的技巧、技術，從寫作中剔除得一乾二淨，窮窮白白，除了心和土地，其餘什麼都沒有。

這就是《我與父輩》全部的寫作經驗和感受。

我知道，《我與父輩》在這方面做得還不夠，但我畢竟那樣去做了。不構思、不設計、不精雕細刻和推敲琢磨，讓筆沿着你最心疼、心暖的思緒走下去，有之則言，無之則止，讓你筆下的一朵雲、一根草、一聲鳥鳴都和柴米油鹽聯繫在一起，都和那塊土地的黃土生長在一起。

我嘗試着這樣去寫作——只有把心回歸土地的過程和體驗，而沒有自己要在那土地上栽樹和蓋房、立碑和佔有的半點貪念和欲望。

終於就寫了《我與父輩》這本所謂長篇、其實並不為長的家族散文。寫完後，交給自己最信任的同仁朋友去出版，到這兒，這件事情也就畫下一個句號過去了。然而意料之外的，是讀者對這本書的熱情和同仁對這本書的愛，還有韓國我的譯者金泰成老師和子音母音出版社的社長與今天在這兒幫我翻譯的金贊永小姐，他們說他們在讀這本書時都哭了，淚流滿面。在法國，譯者和許多讀者也是同樣，說他們是含淚讀完了這本書。一本書讓人掉淚並不等於就是一本好書，但國外的讀者在閱讀《我與父輩》時感動和流淚，就會使我覺得我的寫作值得和有價值，讓我相信，人類文化的巨大差異和情感的完全相通。讓我感到，我的寫作雖行走在「背離」的道路上，但你把心交出去了，把心交還到和你生命相連的那塊土地上，無論是中國讀者和還是外國讀者，就會毅然地與你同道和同心，無論在什麼時候、什麼境況下，都會堅定地和你站在一起，同苦同樂、同笑同淚。

　　在這兒，有許多同學都看了《我與父輩》，也都非常喜歡這本書，這讓我感覺到，在寫作中質樸不是無華的實在，而是一種寫作的境界和高度。

　　《我與父輩》的經驗是，作家只應有用心寫作的義務，而不應有其他的要求和想念。因為說到底，無論是中國讀

者，還是外國的讀者，他們對用心和土地寫作的人，是會用心和土地般的寬容去衡量評定的一個作家和他的作品的。

謝謝大家！我的演講就到這兒結束，剩下的時間我們可以共同進行提問和交流。

2011 年 6 月 23 日

做好人，寫壞的小說
—— 在挪威比昂松作家節的演講

女士們、先生們：

在挪威北部這個美麗的小鎮，尊敬的比昂松先生的故鄉，我知道我的同胞詩人北島先生已經到過這兒。我不知道他在那屆作家節上作了怎樣的演講，受到怎樣的歡迎。但我想我的演講和他相比是笨拙的、老實的，不那麼受你們歡迎的。因為，北島先生是一隻離開土地高飛的孔雀；而我，還只是在那塊土地上掙扎着呢喃的麻雀。麻雀不光沒有孔雀好看，它的叫聲也沒有孔雀的叫聲嘹亮和動聽。因此，我對北島先生倍加尊敬，這也就註定我的演講不會像他的到來那樣受到歡迎。還因為，他是一位了不起的詩人，他一開口說話就是詩歌的誕生；而我是一位普通的小說家，我一開口說話就是大白話、大實話，如同泥巴掉在土地上樣沒有什麼值得關注和美麗。

今天，我選擇了「做好人，寫壞的小說」為我的演講題目。之所以選擇了這個相對淺顯、又貌似莊重的演說內容，是因為世界上有太多的貧瘠到鳥不拉屎、草不開花的

土地，它們不美麗、不富饒、不受人們的喜愛，但畢竟，那兒就是一塊不毛之地，也還是我們人類的一塊土地。一塊被太多人遺忘、太多人不願過去腳踏的土地。我不希望在我的演講中，有歐洲人偏愛的那種幽默和笑聲，而希望有如現在一樣的安靜和安靜中被我們遺忘的思考和我們彼此交流的啟發。

這是我第二次到達挪威。我已經知道挪威和整個歐洲的許多國家，孩子們在十歲之前都要學習、理解一種被我們稱為「公民手冊」或為「公民須知」的那種莊嚴的文字，以使自己長大以後，知道自己作為一個國度的公民，有什麼權利和義務，明白如何做一個國家稱職的公民；享受一個國度公民應有的權力。可是，我已經五十三歲了——中國有一句老話，叫「人生七十古來稀」，就是說，人活到七十歲自古至今都是稀少、稀罕、稀見的事情。那麼，五十三歲的年齡，在中國應該說我已經走完了三分之二的人生歷程。可在我已經活完大半人生的時候，非常遺憾，也非常悲涼和悽楚，我還從來沒有讀到過在歐洲五、六歲，八、九歲的孩子，在幼兒園和小學就可以讀到的作為一個社會的公民他應該知道、看到的一個公民的權利和義務那樣如法律條款樣莊重、神聖的文字和冊頁。一個公民從來沒有見過國家公民的手冊和條款，在漫長的人生中，他不知道他有哪些權利和義務。那麼，他就無法去做一個

稱職的、優秀的國家公民。實事求是地說，在中國，我不是一個好公民，因為我從來都不知道如何去做一個好公民。但是，我用我五十幾年的人生閱歷和三十幾年的寫作經歷，明白了另外一條簡單卻是神聖的道理，那就是——爭取做個最好的人，努力去寫最「壞」的小說。

首先，在中國的傳統中，做個好人要孝敬父母、尊重妻子、教育好兒女。這一點我在我的朋友和同仁中不是做的最好的，但我也是相當努力的。即便這方面還有某些地方做得不夠，但在我從這個世界上消失時，我也將無愧於心。其次，做個好人，就是在對你最直系的親人一好、二好、三好之後，要對與你有血緣關係的那些親人們努力去做你可能做的一切，幫助他們，支持他們，讓他們的人生，盡可能的幸福多一些，痛苦少一些。再其次，就是要對你的朋友、鄰居和所有你認識的人，友善、和睦和寬容。就是做不到善待所有的熟人、朋友和陌生人，不能對他們個個都好，但有一個起碼的準則，就是決不能對他們使壞、不能對他們冷淡、冷漠、欺騙和爾虞我詐。換言之，你沒有能力做到成為一百個人、一千個人的朋友，但一定可以做到不成為那一百個人、一千個人的敵人。這就是我說的做一個好人的第一要求。

做個好人的第二要求是，你不明白如何做一個好公民，但要努力做一個對社會、對他人、對那些你不認識的

人，無論是誰，無論在任何地方、在任何環境下，都無損於人、無害於人的人；如同一個人沒有能力讓路邊的野草開花，但絕不應該經過那株野草時，再踏上一腳，把那株小草踩倒或踩死。一句話：不能利人，決不害人！

在我的國度，我沒有辦法、也沒有能力像比昂松那樣以期熱烈、赤誠、勇敢的方式表達我對我祖國的愛情，做個偉大的好人，但我作為一個作家，要應該、也必須做到如下一點：那就是作為作家的這個好人，我決不去寫墮落腐敗的作品，為腐敗和墮落而歌聲。在中國，官員腐敗之多之嚴重，我不知道該如何去說去形容，而隨之這種腐敗所衍生鋪開的是教育中的學術腐敗；科研中的技術腐敗；知識分子中的人格墮落和腐敗；工薪階層對社會不抱希望、對產品不負責任的偽劣腐敗。就是農民種地、牧民放牧，也要在農產品中大量使用對人體有害的催生劑，如大家聽說過毒奶粉和蘇丹紅等 —— 真的說來，腐敗如巨大無比的蝗蟲天災，當蝗蟲飛來，世界上的百草千花，都不得不枯萎凋謝一樣。如此，在文壇，在作家的寫作中，有沒有腐敗寫作呢？有。當然有！還相當普遍。普遍如春來花開，秋來葉落。它們主要表現為：

1.　為權力和權貴的阿諛式寫作；

2.　為了金錢而欺騙讀者的瞞騙寫作；

3.　為名利借用媒體的惡炒、爆炒之寫作；

4. 不求藝術探索和個性的那種彼此類同的模仿式寫作；

5. 以得獎為目的迎合獎項標準和賄賂評委的墮落式寫作……

凡此種種，都是寫作之腐敗。一個作家要做個好人，也必須、起碼戒除以上寫作中的墮落與腐敗。

在做一個好人的基礎上，要寫出「壞」的或「最壞」的小說，這是一個更高、更難以做到、達到的真正作家的標準。我對壞的小說有如下的理解：

1. 你的小說要有破壞性。破壞傳統和現有社會業已形成的好小說的標準：比如說傳統習慣中說的那種庸俗的詩意、煽情的感動和催人淚下，粉飾生活的溫暖、溫情和善良；還有業已形成的敘述秩序，諸如大家都已習慣的小說的開頭、發展、結尾、語言、結構、情節和思維等等。

2. 你的小說要有背叛性。背叛你故有的寫作模式與習慣；背叛傳統的經典和外來的尤其是二十世紀西方的寫作經驗；背叛你寫作中可以料斷的叫好、叫賣的聲響和結局，從順暢的寫作中，叛逆出來，走向一種寫作的孤單和危險。

3. 你的小說要有摧毀性。摧毀讀者在傳統閱讀中形成的那種觀念、思想和期待；摧毀社會意識的規

定和要求你在寫作中的遵守和承諾；摧毀批評家業已形成的評判小說的理論和認識以及文學史判斷小說優劣、經典和流傳的那種渴望與要求。

　　對於「壞小說」的理解，我大體就是這樣的認識。「好小說」在建立中鞏固；「壞小說」在建立中背叛、破壞和摧毀。而在實際的生活和寫作過程中，做個好人不易，寫出壞的小說更難。正因為不易和困難，這兩點也就成為了我的理想與追求，正如易卜生的戲劇《玩偶之家》中娜拉出走樣背叛和離開那個光面堂皇的家庭，如大畫家愛德華・蒙克（Edvard Munch）的名畫《吶喊》和《聖母》樣對於當時畫風的背叛、破壞和在摧毀中的建立。而我，知道自己沒有能力在我的國度去真正、徹底地在「破壞和摧毀中」形成新的寫作，但我將會在努力做個好人——而不是你們理解的那種優秀公民——首先一定要做個好人；其次，努力寫出那種「壞小說」，這就是我在中國做人與寫作的要求與追求。

2011 年 9 月 1 日

中韓文學作品翻譯的選擇淺析
—— 在韓國慶星大學中韓文學討論會上的發言

女士們、先生們、同學們：

今天這個文學活動是我參加過的所有國際文學活動中內容最為具體、清晰的，最具明確意義的。因此，可能也是最值得每一位參加者日後回憶、懷念的。

在大家都談論中韓雙方的具體作品時，我想就彼此兩國文學作品翻譯的選擇性標準與差異，談以下幾點看法。

一、就數量而言，韓國翻譯的中國文學——以小說而論，新時期的十年來，根據朴宰雨教授去年在中國人民大學公佈的中國作家在韓國翻譯出版的作品數字，及我在中國了解的中國作家的作品被韓國出版社買去還未及翻譯出版的作品數字，二者加在一起，作家大約在六十人左右，作品大約有 200 部左右。其中莫言、余華、蘇童和曹文軒等，每人在韓國翻譯出版的作品，都有六、七部之多，有相當的影響。但這十年來，中國翻譯的韓國文學，大約僅在 30 幾部。就純文學而論，有較大影響的是廣州花城出

版社幾年前出版的「韓國當代作家叢書」。從這懸殊的數字統計來説，中國對韓國嚴肅作家作品的翻譯，遠遠不如韓國對中國嚴肅文學的翻譯。從表面去説，彼此兩國的翻譯，呈現出較大的反差。似乎就文學作品——當然不是那些讓中國的年輕一代着迷的電影、電視——韓國的出版社和讀者更熱情於中國的作家和作品，而中國的出版社和出版公司及讀者，則相對疏遠於韓國的作家和作品。但考慮到中國有十三億人口，每年出版的長篇小説有兩萬多部這龐大的數字；單成為中國作協會員，被稱為作家的人數就7,000多個；那麼就人數而言，韓國人口基數較小，作家總人數比起中國作家人數也相對較小的情況，韓國被介紹到中國的作家的作品的數量，與中國被介紹到韓國作家的作品數量還是均衡的，甚至是偏高的。因為，在中國可以稱為作家或自稱為作家的人數要在萬人之上，而韓國可以稱為或自稱為作家的人數不一定會超過這個數字的十分之一吧。

二、就選擇標準而論，從我們的選擇角度去談，韓國的出版方是既兼顧了韓國的大眾閱讀，也兼顧了韓國讀者對純文學閱讀需求的。在中國，在我的那些寫嚴肅寫作的朋友中，幾乎所有的或絕大部分的作家，都有作品被介紹到韓國來。看很多中國作家在出版作品時的簡介中，他或她都會説我的作品被翻譯成了韓語、日語、英語等。而

且在這種說明文字中，說到被介紹到韓國的是最多最多的——當然，也不排除那些騙子作家的作品，從沒被介紹到國外，他也要在簡歷中寫上他的作品被翻譯到了韓國去。之所以會這樣，是因為在中國，作家欺騙讀者是可以不負任何法律責任的，就像你們到北京吃了地溝油，中國的餐館不負責任樣。反之，從韓國被介紹到中國的文學作品看，被介紹更多的，更有影響的，還是那些被改編成影視後十分暢銷的作家和作品，如《我的野蠻女友》、《菊花香》、《那小子真帥》、《狼的誘惑》、《大長今》和《七朵水仙花》等。在中國，真正有影響的韓國作家，不是那些純文學作家的作品，而是那些有市場、可以賺錢的暢銷作家和作品。這和中國嚴肅作家在韓國有相當影響形成了一個鮮明的反照。因此，我們可以得出了一個閻連科不那麼愛國的結論：就是韓國出版方和讀者似乎更偏愛有一定價值的純文學作品，儘管他們也介紹了很多中國的影視小說和暢銷小說，但純文學作家和其被翻譯的作品，還是佔主導地位。而在中國的圖書市場上，韓國純文學作家的作品在整個被翻譯的韓國作品中，並不佔主導，構不成韓國被翻譯作品的主要陣容。分析這種情況，當然原因很多。但最重要的原因，一方面是韓國的讀者和出版方的文學品位在一定程度上高於中國的讀者和一些中國的出版機構。另一

方面，是今天中國的圖書市場，比韓國的市場更為初級、混亂和更注重利益和收益。

三、韓國有許多專門研究中國古代文學、現代文學和當代文學的機構和專家。比如韓國對魯迅的研究，所出版的研究魯迅的叢書，洋洋大觀，相當驚人。幾年前我第一次到韓國外大時，看到朴教授辦公室書架上有一大排研究魯迅的專著，當時讓我驚得啞然失語，說不出話來。然反觀其在中國研究韓國文學的情況，除了社科院和高校中的個別韓語教師，那就相對少多了。其研究專著，也相對較少。形成這種研究狀況偏差的原因，當然是兩國的文化和歷史的根由。但這兒我想說的是，韓國研究者、批評家無論如何，他們對中國文學、中國文化的尊重都令人感佩，而中國的那些文學研究者和批評家，則更願意把目光投向西方和美國，而疏忽了周邊人口較小、土地面積也較小，但其文化、文學一樣值得尊重、研究的越南、柬埔寨、泰國、馬來西亞等邊地友鄰。比起以上我說的這些國家，中國研究者對韓國文化、文學的研究還是比較重視的，但比較中國研究者對西方文學和日本文學的重視，顯然又是不夠的。而這種存有偏差的研究和尊重，反過來也從更深的層面上，主導和影響着讀者和出版機構對兩國文學的翻譯和選擇。

四、國情現實對翻譯作品的選擇和主導。無論如何，我們都必須承認，這三十年來中國在經濟上的巨大變化令世人矚目，但政治和意識形態的開放與解放，和其經濟發展相比，是相當相當不夠均衡、平衡的。一句話，經濟發展如一列奔襲不停的高速列車 —— 可惜，幾個月前中國的高速列車在溫州出了大問題 —— 而我們政治的開放，政治的發展，還多少有些像烏龜的爬行。一方面是經濟發展的高速列車，一方面是思想和意識緩慢爬行的烏龜，這種失衡的狀況，也或多或少，在影響着中國文學的發展和韓國出版部門對中國文學作品翻譯的選擇。比如中國作家協會最近會出錢請國外翻譯一百部他們推薦的文學作品。那麼，三十年來除了這一百部作品之外，就沒有更好的文學作品嗎？這一百部中，真的就是每一部都具有文學價值嗎？還有包括韓國在內的其他的幾乎是全世界的國家，都特別關注中國那些被爭論、被禁止的文學作品。這些作品，當然有賣點。它在中國被禁了，也理應受到他國出版者的注目。但以我自己多次被禁、被反覆爭論的經歷而言，必須承認，一部書被禁並不等於就是一部好的文學作品。如《為人民服務》，它被翻譯了二十多種語言，有很多的叫好和稱道，但你們有機會看了我的《堅硬如水》和別的作家一些寫文革的小說，你們就不會那麼稱道《為人民服務》了。無論是中國作協推薦的一百部，還是中國每

年都有被禁、被批、被爭論的那些作品，它們也許確實值得翻譯和推介，但不能忽視那些沒有被推薦、被爭論的極有特色的作家和作品。也許後者，才是更值得關注和翻譯的。與此情況相似，而韓國那些真正具有文學品位又受到讀者和市場冷遇的文學作品，也才是更值得中國的出版機構和讀者介紹和翻譯的，也是更值得我們大家共同推介給中國讀者的。

2011 年 9 月 30 日

推開書房的另外一扇窗
—— 在邁阿密書展的演講

女士們、先生們：

　　這次懷着極端失落的心情來到邁阿密，來到我們這個演講大廳。原來早就聽說，每年一度的邁阿密書展，是美國圖書最大的，數一數二的圖書聖誕節，以為作家們的到來，會如奧巴馬到來樣，因為人山人海而讓警察手忙腳亂。可結果，每個作家的到來，都如中國農民日出時下田、日落時收工一樣，平靜、日常，風不驚、浪不動。

　　邁阿密優美純淨的大海，沒有因為世界各地作家的到來再多優美一點點，也沒有因為大家的到來，而渾濁一點點。大家的到來，和沒有到來樣。

　　原來，我以為這個演講大廳，會因為我們中國作家的到來而如史帝芬・金的到來樣，人滿為患，連走廊、過道上都站滿了讀者和聽眾，可結果，這兒還空着這許多的位置。也好。這樣更好。這樣可以讓作家再一次明白，作家就是作家，作家不是明星，不是政治家。而你們坐在這兒，是純正的、心地高潔的讀者，而不是那些明星和政治

家的粉絲和崇拜者。人少有人少的好處，就是你們在坐的到北京去了，我可以每人請你們吃一隻烤鴨，可如果這兒果真人山人海、聽眾萬千，你們每人要我請你們吃一隻烤鴨，那我可就要傾家蕩產了。

人少的又一個好處，就是我可以給你們說悄悄話、私密話。說那種人多時不可以講的話。今天，我就在這兒給大家講三點實在話、老實的私密話，講那些也許聽眾太多就不宜講的話：

第一句實在老實的話，是從文學的角度去說，因為中國的體制、政策和意識形態，中國作家寫的開放性、自由度確實不如你們美國、歐洲和其他地方的許多國家。中國作家應該承認這一點，沒必要遮遮掩掩，態度曖昧。但是，它的封閉度，也決不是你們想像的和北韓一模樣，黑暗、專斷、寫作的頭頂沒有天井的光明和白色。說句形象但不準確的話，那就是我們用三十年改革開放的時間，在作家被封閉的書房中，那共有兩扇窗子組成的窗戶，有一扇已經推開，而另一扇還在封閉着。中國作家在書房中的寫作、呼吸和向窗外世界的觀望，都是透過這一扇被打開的窗戶。就是說，在作家的書房中，因為只有一扇窗戶的打開，那麼這個書房，它就一半是光明，一半是黑暗。而作家在這個書房中，為了寫作，為了保護他的眼睛，為了他的生活、生存的便利，也還因為一個貪圖舒服、享受的

人類慣性的生活習性在作家身上的延續，他就喜歡在光明中呆着。喝茶、聊天、看報、寫信等等，這類我們大家每個人的日常生活的情節和細節，不都是要在光明中，不到萬不得已，都不會到黑暗中去嗎？很多時候，作家也是常人。他就待在這片半扇窗子映照進來的光明中。在光明中寫作。於是，大家的作品也就充滿了光明、歌聲和眼可見、手可觸的一種簡單的真實。而那書房中──作家智慧、思考、懷疑的另一半──可能就是讀者在生活和閱讀中根本看不到的另一半──那心靈和大腦的另外一扇被關閉的窗戶，作家就不去表達了，讀者也無從看到了。

一個作家有一個書房，其實這時就只有半個書房了。

作家手中的筆，原來是雙色或多色的，這時就只有單色了。永遠是一種顏色了。

第二、書房的外部世界──中國今天豐富、複雜、荒誕而又充滿朝氣的現實世界，因為那書房永遠關閉着另外一扇窗，當作家探頭從書房觀察、感受現實世界時，你就只能看到半個世界或半個世界多一些。無論如何說，假如，如果一個完整的世界必須從一個窗戶才可以完全看到、感知和心領神會時，那麼，你的心靈、頭腦都只能從半個窗戶伸出來，你又如何可以感受完整、全部的真實世界呢？更何況，中國世界之大之複雜，往往是我們打開一扇窗戶、十扇窗戶，就是從那書房中走出來，從那窗戶中

挣脱身子跳出來，身在其中，達到人和現實渾然一體，我即現實、現實即我，而也很難全面、真正洞察和把握現實生活的根本和真諦，更何況你只從那半個窗戶中去觀看世界呢？

中國作家在今天，幾乎大家誰都會在任何場合說這樣一句話，即：今天，中國現實生活中任何一個真實故事都比作家虛構的小說故事更豐富、更好看，也更為深刻和深邃。為什麼大家都認識到了這一點，而又沒有在你的寫作中表達出來呢？就是因為你知道了現實的深刻和複雜，可你並沒有從那書房走出來，並沒有把身子從那被關閉了一半的窗中挣脱身子跳出來。直接地講，你知道現實的真實在哪兒，複雜、尖銳在哪兒，但你並沒有真心和勇氣去表達。你鑽在書房，手握單色的圓珠筆，因為知道而逃避，因為知道一個作家直面現實的風險、孤獨而逃躲在書房中不出來，也不願用自己的勇氣去推開那關閉的另外一扇窗。

有一個問題，非常值得思考，那就是中國作家對重大的社會事件從來不參與，不表態。只做看客，而不做參與者。在中國的現實中，作家不是社會現實的身體力行者。這就是我今天要講的第三個問題。即：不能要求每個成熟的作家都親歷中國的現實，但也不能容忍大多數成熟的作家都逃離中國現實。中國有很多敏感的大事件。在這種大事件中，中國作家的筆是封着的，口是閉着的，雙腿是留

在書房和客廳的沙發前邊的。除卻那種敏感的政治事件，社會生活中的食品衛生、老百姓的醫療和教育、無處不在的商品、商業欺詐和每個人都生活其中的越來越污染、毀滅的生存環境，在這樣的領域，我們也很難看到作家參與的雙腳和呼籲、吶喊的文字。當然，並不是作家關注這些他才是好作家，他的作品才是好作品。而是說，中國的現實，半是灰暗，半是明亮，而作家書房的窗戶，就不應該一扇開著，一扇關著。我們要有勇氣推開書房的另外一扇窗，看到現實的全部而非現實的半邊臉。今天，一個作家認為中國是徹底黑暗的中國、絲毫沒有人權、自由的國度那是錯誤的、偏頗的。但認為中國一片光明、永遠都是白天而沒有黑夜，都是日出而沒有日落，那也是極其荒謬的。作家要推開另外一扇窗，或從那一窗中掙脫身子走出來，盡力感受和表達全面、真實的現實的中國和中國的現實；盡力真正洞察到現實中因為光明和黑暗的同在，開放與封閉同在、全球性與狹隘的民族性同在、理想與欲望同在，高度集中的權力與具有高度忍耐力的民族文化性格同在，如此等等，無數的矛盾是在統一之中，無數的和諧之下又有著分裂，從而是今天中國的現實，是一個大扭曲的現實，現實中的人心，是大扭曲的靈魂。這種人心扭曲的真實性、複雜性、荒誕性，才是我們作家要推開另一扇窗

櫺的根本之目的，並不是你去揭示黑暗或歌頌光明才是作家之目的。

2011 年 11 月 19 日

從卡爾維諾在中國的冷遇說起
——在意大利米蘭文化中心的演講

女士們、先生們：

　　當我決定今天的演講題目為《從卡爾維諾在中國的冷遇說起》時，其實是給大家帶來了一個不僅遲到、而且讓大家感到遺憾的壞消息：那就是在歐洲、在意大利被大家崇敬的偉大作家卡爾維諾（Italo Calvino）在中國受到了不似冬天、也似深秋那樣的寒涼的待遇。無論是讀者，還是作家、批評家，對於卡爾維諾作品的冷淡，在今天看來，都有些超出想像。但直到今天，我們似乎可以把這個緣由理順出來，從而探討一些東方作家和西方作家、東方讀者和西方讀者的一些差別來。

　　卡爾維諾被介紹到中國是在上世紀的八十年代中期，與他同時走進中國作家和中國讀者視野的還有拉美的作家馬奎斯、博爾赫斯和巴爾加斯·略薩以及改變了二十世紀文學走向的德語作家卡夫卡等等、等等。這一時期，因為中國剛從十年惡夢的文化革命中醒來，文化的沙漠上急需要水分和綠色的植被，從而形成了中國當代文學的黃金時

期。這一時期，幾乎世界上任何一個有成就作家的作品走進中國，都會在中國作家和讀者中掀起閱讀、討論的波瀾。就連法國女作家莒哈絲（Marguerite Duras）在中國都有相當一批崇拜者和模仿者，連奧地利作家褚威格（Stefan Zweig）在德語中的影響和地位遠不如卡爾維諾在意大利的影響和地位，而就對文學藝術的探索性貢獻而言，無論是德語作家褚威格，還是法國作家莒哈絲，我個人認為，都不可和卡爾維諾同日而語。但是，他們在當時中國文學界所形成的熱暖溫度卻是要比卡爾維諾高出許多來。比起他們，確實可以說，卡爾維諾在那時的中國是遭到冷遇寒涼的。而比起拉美作家和美國的一大批作家來，卡爾維諾就不僅是寒涼，而且是多少有些冷得發顫了——當然，我說他冷，卻還是要比今天的中國作家、尤其是今天的我來到意大利有些溫暖和更受歡迎的。至少卡爾維諾在台灣是很受熱暖歡迎的。台灣的作家是相當推崇卡爾維諾的。才女朱天文就稱卡爾維諾是她寫作中取之不盡的銀行，她前幾年的小說《巫言》和卡爾維諾的寫作，有着有趣而微妙的各種聯繫。但在中國大陸，卻幾乎沒有像朱天文那樣喜愛卡爾維諾那樣直率、坦誠、成熟的作家。

為什麼會這樣？為什麼別的作家的小說在中國可以印行十幾、幾十萬冊乃至上百萬冊時，卡爾維諾的小說只是上萬冊。2001年，中國譯林出版社出版了《卡爾維諾文

集》，在有十三億人口的中國僅僅印行了五千套，直到今天，十年之後，還沒有加印。一個作家在本國受到歡迎，但在另一個國家受到讀者冷遇是相當正常的。這其中文化的差別，翻譯的優劣，推廣的方法等等，都有可能使一個偉大的作家在出國之後受到意外的冷遇。但在上世紀的八、九十年代，幾乎所有作家都可以在中國走紅時，而偉大的卡爾維諾，卻受到了冷淡的不禮之遇，這就很值得討論和研究。我個人以為，卡爾維諾在那時候受到相對冷遇的原因有以下幾點：

1. 小說內容和異地生活的相關性。拉美小說在中國的大受歡迎，原因諸多，但其中之一，就是中國作家看到了那些小說中所表現的現實和生活場景與中國現實、生活的相似性。從而這讓中國作家和讀者都有了共鳴。而卡爾維諾小說中的場景、人物和情節，比起拉美小說來，還是讓中國作家和讀者感到遠了些，陌生得似乎與已無關樣。比如他的「祖先三部曲」和經典作品《寒冬夜行人》（*If on a winter's night a traveler*），其中的「童話」和「荒誕」，都讓中國讀者覺得新鮮但有些隔膜、異怪並有些突兀。

2. 故事的奇異與狂歡性的感受。上世紀的八、九十年代，中國人是從幾十年的封閉、壓抑中突然被

解放出來的，對故事中的狂歡、炸裂、判逆和渲泄的情節有着天然的渴望。美國小說中的「黑色幽默」、「跨掉的一代」那些作家的作品中的情節恰恰充滿了反判、嘲諷、尋歡作樂、不負責任和對神聖的批判，這樣的作品不受中國當時讀者的歡迎，那才是一些奇怪的事。喜愛這些和討論這些，是中國文化當時的時髦。而卡爾維諾的小說，不能說沒有這些元素，但畢竟少一些，淡一些，更為克制些。他在寫作中實踐他的「零時間」時，其實也在實踐着作品中人物和作家的「零情感」。

3. 語言與形式探索中的聲勢大船與文學海洋中的孤獨小舟。上世紀的九十年代，是中國當代文學最為熱衷於小說語言與形式探索的一個高潮期。那時候中國文學中的「新探索」小說寫作，湧現了一批秀優作家。這些作家至今還活躍在中國文壇的前沿，他們的寫作仍然在影響着許多人。就語言與形式而言，他們那時主要的寫作與閱讀的資源是馬奎斯、博爾赫斯、卡夫卡和福克納以及美國小說「垮掉的一代」、「黑色幽默」和法國「新小說」等。拉美小說走進中國是大家乘着「文學爆炸」這條文學大船一湧而入的。如果沒有拉美

文學這只大船的承載，博爾赫斯就不會有今天讓中國作家和讀者喜愛的熱度。海明威和福克納是諾獎獲得者，而那時——甚至到今天，中國讀者都對諾獎獲得者有着一種盲目的崇拜心，所以，他們受到高度關注是順理成章的。而美國別的作家和作品，也都在美國強大的經濟、政治、軍事、文化的烘托中，顯出了文學的強勢，加之那些作家和作品，如海勒的《第二十二條軍規》、米勒的《北回歸線》、納博科夫的《洛麗塔》和金斯堡的《嚎叫》、凱魯亞克的《在路上》等等，確實個性鮮明，追求明確，他們在同一文化背景下，集群地湧入了中國，這其中還有「意識流」的代表作家們和法國「新小說」流派的作家們，他們成群結隊，一湧而入。而這時的意大利作家卡爾維諾在走進中國時，相比之下，就顯得勢單力薄，孤軍奮戰了，儘管他在小說形式的探索和實踐，要比以上作家走得更遠，也更為豐富。可畢竟，在當時的情況下，他既不能像美國作家那樣，無意識地借助一個大國的文化強勢之艦，也不能如拉美小說和法國作家樣借助在世界上業已形成的其流派、旗幟、主義的號角和召喚力。在這個時候，獨具鮮明藝術個性和小說形式的卡爾

維諾，在中國當時文學的狂歡中，被別國他家集體、高喚的聲音所淹沒就不足為奇了。遭到相對的冷遇也就不無道理了。

卡爾維諾在中國文學黃金時期的熱潮中受到冷遇的原因我們還可以說出很多來，但據以上的因素，我們可以多少了解中國作家、讀者、批評家和出版者，大致的一些特點吧。當然，錯過了那時走入大批中國作家和讀者視野的黃金期，不是說卡爾維諾就在中國沒有他應有的地位了，就今天來說，還是有很多中國作家和文學愛好者喜歡卡爾維諾和他的小說的。我也相信，卡爾維諾以後再中國會有他更長遠的讀者和影響力，但由此，我們可以看到中國讀者和作家對文學的關注與意大利作家和讀者的差異性。

一、中國文化環境中的讀者和作家，關心小說的內容更甚於關心小說的形式。當作家在說小說形式和內容同等重要時，而讀者卻是始終把內容放在第一位，把形式放在第二位的。1979年卡爾維諾的《寒冬夜行人》問世，因為他在小說藝術形式上的新試驗、新開拓，在意大利所取得的轟動效應——一時間的報紙、電台、學校和各種刊物的共同討論，甚至在高校臨時修改課程而來參於討論這部小說——這種情況，在過去和現在的中國，都不太可能發生。中國可以發生因為小說內容而引起的各種議論和熱潮，但不會首先是因為小說的形式、語言而引發轟動和討論的熱議。

二、中國更注重把生活和小說相對應。生活中有什麼經驗，小說中就應該有什麼反應，這是中國讀者的文學觀，也是中國偉大的作家曹雪芹和魯迅留給我們的文學傳統。這就也註定了在形式上走得過遠的作家必然在中國的孤獨。

三、基於以上的文化環境和傳統，中國作家、讀者、批評家和可以影響、管理作家寫作和思想的權力機構，都更推崇大眾可以接受的普遍認同的傳統現實主義，而不是作家的藝術探索精神和其他更具作家個性的寫作和主義。

四、中國文化的哲學中心是「中庸」，而不是個性。而文學的意義在於個性，而不是中庸。這是今天中國作家在整個中國文化和文學上的矛盾，而不是某個人和某種文學與中國文化的不合。而從這些方面去說，卡爾維諾不僅過去在中國受到了冷遇，而在文學的未來，我想也難以形成一個文學的新的熱潮。但我們必須承認，卡爾維諾不會因為他在中國受到了文學冷遇就降低他在世界文學中的意義和地位。我們必須承認，卡爾維諾的寫作是偉大的，意大利的文學是偉大的。

因為時間的原因，我們今天就草草匆匆地聊天這兒。

謝謝大家！

2011 年 12 月 9 日

選擇、被選擇和新選擇
—— 在羅馬第三國際大學的演講

同學們、老師們：

很高興今天到意大利的羅馬第三國際大學來，因為我們中國人幾乎人人都會說一句至理名言，那就是「條條大道通羅馬」——由此可見，羅馬的名聞遐邇，世人之嚮往。由此可想，羅馬大學的中心地位——當然包括我們「三大」的中心地位。我將把到咱們第三國際大學來作為我到羅馬的見證和榮譽，永遠鐫刻在我的心裏。

就今天演講的內容，我分三個部分來和大家聊談與交流。

我選擇一種現實

談到我的寫作，所到之處大家都會關心我為什麼會選擇作家這個職業。就是說，我為什麼要寫作？我也不厭其煩地回答：是因為我少年時期家境貧困、地域偏僻。我的故鄉在上世紀的五、六十年代，直到七、八十年代，都是

中國河南的窮山惡水之地——當然，到了現在，那兒不再是窮山惡水，而是山窮水盡。因為要發展，要富裕，山上沒有了樹木，成了真正的不毛之地。河流早已枯乾，原來我家門口那條清澈的溪水不知消失到了哪裏。回到三十幾年前我的選擇上，簡單說，就是為了吃飽肚子，為了實現一個人有一天可以獨自吃一盤炒雞蛋的夢想，才決定開始寫作。因為寫作有可能改變一個農村孩子的命運，可能讓你逃離土地到城裏去，成為光鮮靚麗的城裏人。所以我選擇了一種現實——那就是通過寫小說來改變自己的命運，讓故事成為自己命運的敲門磚。

現實選擇了我

寫作的開始，是什麼能夠發表就寫什麼，自己是主動的，生活、經驗是被動的。你總是在選擇最易實現的現實和經驗，讓現實為你成名成家的功利心而服務。但隨着年齡的增長，隨着你的人生、命運的變化——對於所有的寫作者而言，有的人是文學改變了他的命運，有的人是命運改變了他的文學。而我，我的人生之初，是文學改變了我的現實；而後，是現實改變了我的文學。如果一定要在我的寫作中找到一個分界線，以一生中的某一部作品為界標，那還是以我九一年年底創作的《夏日落》更為貼切些。

因為大家可能知道的 1979 年開始那場曠日持久的所謂的中越邊境自衛反擊戰，長達六、七年才真正結束，和中國八年的抗日戰爭差不多。可因為這場戰爭，使你開始對英雄、正義、和平、權力、人性、友情和人生的意義都產生了懷疑。而這種對中國固有價值觀的懷疑，促使你寫出了《夏日落》這部小說。這部九一年年底寫完，幾家退稿，又忽然在九三年初發表在很偏僻的山西省的《黃河》雜誌上的小說，在二十年後的今天重新去讀，我以為那只是一篇普通的小說。是一部很傳統的寫實主義作品，只在停滯不前的中國軍事文學中有些意義，而在相當豐富的今天中國的當代文學中，其實是可以忽略過去的。可它在上世紀的 1993 年卻又相當有影響。到了 1994 年初，又被突然禁掉了，理由是它「貶低了中國人民解放軍的英雄形象」。──直接說，是我把幾十年來中國的革命英雄主義寫成了「人的主義」，把英雄當成了「普通人」。

僅此而已。

還又能怎樣？

但是，我卻為此斷斷續續寫了半年檢討書，從此也就開始了我說「命運改變我的寫作」、「現實選擇我的寫作。」──之後，人生中漫長的疾病和對死亡的恐懼，選擇並決定我去寫作《日光流年》、《年月日》和《耙耬夫歌》那樣的作品來。自己在「文章」中的經歷和記憶，又選

擇、決定你去寫出《堅硬如水》來。中國三十年改革開放的現實和一個作家對中國現實的焦慮，選擇你去寫了《受活》和《丁莊夢》。二十幾年的軍旅生涯的命運、經歷決定你要寫一部軍事題材的長篇小說，而《為人民服務》只是這部長篇前的練筆和初試。可《為人民服務》、《丁莊夢》、《夏日落》的被批、被封、被禁和《受活》與《堅硬如水》的被爭論，這一連串的事件、遭際和現實，又使你不得不去思考現實中作家的軟弱、妥協和逃避求安的內心和實在，因此你又寫了一部關於知識分子靈魂墜落無奈的小說《風雅頌》。等等等等，包括我去年完成、沒有在中國內地出版的《四書》和出版後少見的一致說好、而不是總是如我的小說一樣被公說公話、婆說婆理，總是讓人說長道短、來去爭論的那樣的長篇散文《我與父輩》，及新近完成的關於大自然的隨筆《711號園》，它們的寫作，皆源於我在現實中的被選擇。

　　是現實選擇了我必須寫什麼，而不是我去現實和歷史中選擇我要寫什麼。

　　為什麼一個作家的寫作總是被推向議論和爭議的風口？而別的作家卻可以總在一致叫好聲中或叫賣的暢銷中？其根由之一，就是你是被現實選擇來寫作，而有的作家是他在選擇現實中寫作。在這種選擇中，你在現實面前是被動的，被現實認定的，而人家在現實面前是主動的，

可以挑選現實的。你在現實面前是尖銳的現實賦予你什麼你不得不去寫什麼，而人家是在熟思熟慮後自己選擇了什麼才去寫什麼。以大家今天都看到的意大利文的《丁莊夢》而論，我們先不說它藝術上的優略長短，先不要管那些國外媒體上說的「偉大」、「傑作」那樣我聽了都起雞皮疙瘩，中國人看了要麼會恨得咬緊牙關，要麼會冷嘲熱諷至笑掉大牙的話。但大家都知道，那場人世之難的愛滋病最多和最早被發現的地方是發生在中國的河南省，而我又是河南籍的作家；高發區之一的河南省的東部，是我愛人的故鄉，也是我在那兒當了十餘年兵的地方。而且，有那麼二年，我是那裏一家部隊醫院的機關秘書，每天中午從機關下班，都可以看到被地方政府的大卡車動員、組織拉到部隊醫院獻血、賣血的一片一片的蹲在醫院院內，或排成長長隊伍的因為貧窮、因為渴望富裕來賣血的農民們。而也正是那二年，愛滋病正潛伏、傳染在這些連續賣血的人群中——從這些生活、經歷中去說，我不寫這樣一部小說，在中國作家中還有第二人選嗎？由此而言，你們說是現實、命運選擇一個作家的寫作，還是一個作家去選擇一個現實中的題材去寫作？

當然，在選擇和被選擇中，大家都會說到一個作家的責任和良知那樣的話。固然，在選擇和被選擇中，良知和責任是起重要作用的。但更重要的，我並以為是責任、

良知、人格什麼的。在我，我沒有那麼高大和覺悟。我以為我被選擇、不得不去寫那些的另一原因是，一個人的個性和本能。說文化一些吧，就是每個作家都有他的日常性格和寫作中的文化性格。日常性格和文化性格組成了一個作家的人格。人格高的人、強的人，可能會因為他的文化性格高強一點兒，陽光一點兒；人格差的人，可能會是他的文化性格低一些，也許陰暗一些兒。而我，是在生活中相對敏感、固執的人。敏感和固執，可能還是我文化性格的特點，它也決定了我的寫作選擇和被選擇。如果不是這個固執，你在被選擇上會放棄而不是接受。固執在日常生活中就是你不讓我這樣我偏就要這樣，而在寫作和被選擇中，會表現為你們都不這樣那我就只能這樣、必須這樣了。

關於作家本人的性格對寫作的影響我們有機會好好分析，好好去討論。而這兒，我要說的，就是這兒和那兒，從哪到哪，你都不能不寫《丁莊夢》，你都不得不去寫作這一些——因為，現實選擇了你，你不得不去寫作、表達這一些。

我在現實中選擇怎樣寫

這麼說，是不是你在寫作中就被動到現實讓你幹什麼你就只能幹什麼？不幹就真的不行了？就小說內容言，情況是這樣。是現實讓你先講這個故事，你就只能先講這個

故事。先講別的，你就會缺少激情和興奮。這也正如有的作家所表述的那樣——在一棵樹的桃子中，哪個成熟你就自然先摘哪一個，沒有人會把成熟的桃子留下來，而把生澀的桃子摘下來。那麼，一個作家在現實面前，到底可以做些什麼呢？寫作中留給作家的權力是什麼？是除了講那成熟的故事外，就一無特權和主義嗎？不。作家的權力在這兒，在這個成熟的故事前，你有權力、也應該有能力選擇怎樣講、怎樣寫；講成什麼樣，寫成什麼樣。這是作家被選擇後的新選擇。是一個成熟作家的新選擇，是一個作家成熟和優秀的風向標。你在講故事中的腔調、調門是由你自己選擇、確定的，先講哪些、後講哪些，從哪開頭，到哪收尾是你選擇之後確定的。

> 當人生的中途，我迷失在一個黑暗的森林之中。要說明那個森林的荒野，嚴肅和廣漠，是多麼的困難呀……在敘述我遇着救護人之前，且先把觸目驚心的景象說一番。

這是但丁《神曲》的開頭。而大家都熟悉的《寒冬夜行人》開頭卻是這樣的：

> 故事發生在火車站上。一輛火車噴着白煙、蒸汽機活塞發出的聲響掩蓋了你打開書的聲音，一股白色的蒸汽部分遍蓋了小說的第一章第一段……我就是（那）小說的主人公，在小吃部與電話亭之間穿梭而行……

同樣都是在講故事，而且同樣都是第一人稱——「我」是故事最重要的組成，在但丁那兒，因為「我在人生中途」的一次幻遊，而讓我們看到了地獄、淨界和天堂；可卡爾維諾的這個「我」，卻不再是作家本人了，而是那部小說中的主人公。而我們，卻在捧着那本小說迷惑地閱讀……這是多麼不同的敍述和結構！為什麼有如此敍述的天地之差？就是作家在故事面前選擇、實施了不同的講述方式，有了完全不一樣的閱讀之結果（感受）。情況正是這樣，對我而言，我無權選擇講什麼，但我有權如卡爾維諾那樣選擇怎樣講。怎樣講的選擇，是二十世紀偉大作家們的偉大之所在，也必然成為二十一世紀寫作的傳統之精髓，一如十九世紀寫什麼是二十世紀揚棄和繼承的精髓樣。所以，當現實決定了我寫什麼後，而我面對現實，就有我來決定和選擇怎麼寫。語言、敍述、腔調、結構和立足在被現實決定過的經驗之上的想像等等，這些都有我來選擇和定奪。現實的選擇和決定與我的選擇和決定經過醞釀、討論、合謀，寫作就開始了。小說就產生了。這太別像一首歌曲或一台歌劇的產生過程，現實完成了一首歌的歌詞或一台戲的腳本，而作曲家，完成的是那首歌或那台戲的譜曲的過程。只有這樣完整、完美的合作之後，一部作品才可以真正誕生並成熟。不然，沒有現實認定的內容故事，你講得再好，我都認為那是沒有真正之歌詞的曲譜，沒有

舞台腳本的戲譜。只是一半或一多半的創作。為什麼同樣一個故事，被成熟的不同作家講出來結果會完全不同？這是因為作家在怎樣講中有了他自己的新選擇；而在兩個不成熟的作家面前，講出來則可能大同小異，是因為在怎樣講中他們無選擇，或說沒有新選擇，講述的方式幾乎相同或類同。中國的萬里長城，在中國人那兒被講成「孟姜女哭長城」的古老傳說，而在卡夫卡那兒，成了《萬里長城建造時》（*The Great Wall of China*）具有現代意義的新小說。為什麼？就在於卡夫卡在講述中選擇並實施了他獨有選擇的講述法⋯⋯

同學們，老師們，規定的時間快要過去了，關於「選擇、被選擇和新選擇」，我就講到這兒，剩下的時間，我們大家可以進行相互交流和提問。

謝謝大家！

2011 年 12 月 11 日

守住村莊

── 在韓國「亞洲文學討論會」上的演講

女士們、先生們：

在這個文學活動上討論關於地方、關於全球、關於狹小的空間和闊大世界的聯繫時 ── 即：我們討論一個作家如何在地方書寫全球時，我的那點滴優勢就顯現出來了。因為，和這次與會的所有同行作家相比，我確實有你們無法比擬的一些先決條件，這在你們是無論如何天才、奮鬥、努力都無法獲得的。

首先，我不僅是一個中國人，而且還是一個中國中原地區的人。大家都知道，中國為什麼叫中國？就是在我們還沒有明白地球是個圓的，一個人沿着地球的一個方向一直走下去，最終還要回到它的起點時，中國人發現世界諾大，但中國卻是世界的最中心，因此中國就叫中國了。而在中國的版圖上，河南省又在那隻雄雞地圖的中間部位上。所以，河南在中國的過去是稱為中原的。原，在中文中是闊大之意。所以，這闊大的中國的中心就是中原了。我曾經在中國的文學討論會上說，既然中國是世界的中

心，河南是中國的中心，那麼，從地理位置去說，河南省的嵩縣又是河南的中心，我家那個有六千人口的村莊，就是嵩縣的中心。如此這般，生我養我的那個叫田湖的山區村莊，不就等於是世界的中心嗎？我們要用一個紅點或一根細針把世界的中心從世界地圖上標出來，這個紅點或細針，就應該點在、扎在我老家村頭吃飯場的那塊空地上 —— 這樣，一個天然的在地理位置上一個村莊本就是世界中心的優勢你們有沒有？

你們沒有。可我有！

這得天獨厚、上帝所賜的一點，常常讓我和世界其他作家相比時，感到神和上帝對中國作家閻連科的偏愛，讓我擁有着世界中心的土地、山水、人口和自然環境中的一切。

這是優勢的第一。

第二，不僅是地理位置上的中心優勢，還有今天中國的現實。它是中國有史以來最為豐富、複雜、荒謬而又蓬蓬勃勃的一段時期。中國用三十年的時間，在實踐着二百年來西方世界所經過的工業革命和科技革命；而中國的政治革命和社會現狀，又是世界上龐雜、繁亂的價值觀、世界觀、道德觀，乃至於各種各樣意識形態的總和與大本營。用最通俗的話說，中國人的思想，是當今世界各國和地區、各人種和民族思想未加整理的混亂庫房和集散地。

裏邊既應有盡有，又凌亂不堪；精神滿天飛，靈魂滿地踩。人們的價值觀、道德觀亂麻一團、雜亂無章。用形象的話說，如果你家的毛線團被三隻野貓玩耍了整整一天，在你家臥室、客廳、廚房、廁所扯來扯去，那就是今天我們中國人的思想和價值觀。上至社會主義和資本主義的國家意識，下至一隻貓、一條狗、一棵樹、一朵花的生存、自由權，在今天都是一些中國人關心和另一些中國人拋卻不問的話題。而我家的那個村莊，它作為世界的中心存在時，那裏不識字的農民會關心美國總統的大選、關心歐洲的經濟危機、關心南韓和北韓的統一、關心鄰國日本的核輻射。但同時，從那個村莊畢業的大學生，他們除了他們的就業、工作、房子、工資等，其餘的什麼又都不關心。他們為了富裕可以偷盜、搶劫、乃至於有姑娘到城裏賣淫做小姐，但也可以對父母盡孝盡力、做個好兒女。那個村莊今天所發生的一切和變化，都是今天中國變化的宿影。都是中國歷史照片的一張不少的連續集錦。如果不是語言不通，我可以用三天三夜來講述發生在那個村莊裏無數你們聞所未聞的故事。可惜，語言阻隔了這一切。以後也只能依靠文學來講給你們了。總之，今天世界上的一切遭遇和現實困境，都是中國的困境和現實。而中國的一切困境和現實，又都在我老家那個村莊同時發生、經歷着。這是

我寫作的又一個天然優勢，也是世界上很多作家沒有的寫作資源。

第三點，是我和中國作家相比之優勢。中國有成千上萬的作家。八十歲的老作家們筆耕不輟，而八零後、九零後年輕的作家又朝書夜作。每年賣一百萬冊以上的小說都有好幾部，而只賣幾千冊的小說則比比皆是。和這些作家與作品相比較，三十年代、四十年代出生的老作家，確實年歲較大，無法真正地參與今天中國的現實和遭際，也沒有能力在寫作中關心這個國家和世界的明天和後天。他們的創造力在逐漸減退，創作的激情在漸次地減弱。而八十年代、九十年代出生的作家又都太年輕，是中國計劃生育中「獨生子女」，他們富有到什麼都有，可卻又貧窮到無法明白、體會今天的中國為什麼會是今天這個樣；這個國家是從哪兒發展到今天這樣的；改革或者保守的中國將來要到哪裏去。中國人今天在世界上的生機勃勃和醜態百出，被世人嫉妒又被世人嘲笑，被世人尊重又被世人批評，是金錢的巨人又是精神的矮子這複雜多樣、不可捉摸的根源，對年輕作家來說，他們是沒有那麼關心的。他們更關心自己和周圍的人，對中國這個怪異、龐雜的現實和境遇是沒有太多熱情的。而也就在這兩代的老少中間，站立著的是中國五、六十年代出生的作家們。他們正直中年，既知道今天的中國是從哪兒走來的，也關心明天的中國在世

界上可能走往哪裏去。既關心今天中國人作為每一個個體出現時，內心有多少麻木和幽暗，又關心明天的中國人，作為個體有多少權力和自由；他們既希望中國人作為個體有豐富的物質，又希望他們有真正的精神和自由。我很高興我是中國作家中五十年代末出生的那一代，承前啟後，接上續下，一隻腳在歷史之中，一隻腳在現實之中；左手深入到今天中國荒謬而複雜的現實，右手觸摸着個體人在社會現實和中被擠壓、掙扎、跳動的心靈；深知上一代人的現實，也努力感知着下一代人的精神。正是這樣，正是從這三點說開去，我說我和在坐的各個作家朋友相比較，我是幸運的，得天獨厚的，有着一些你們所沒有的條件和優勢，是屬於上帝和神比較偏愛的那些作家中的一個。寵兒中的一員。

當然，在這兒要問的是，你有天然的優勢就能寫出具有世界性的作品嗎？你家鄉那個村莊、那一隅土地，既便是寸土寸金、滿地黃金寶庫，你就能發現和挖掘出來嗎？這也正是我要說的第四點：對優勢的把握和堅守。到目前為止，我還沒有找到立足於那一片狹小空間而寫出真正具有世界和人類意義作品的方法來。還沒有找到那真正屬於我的從一個村莊通往全球的道路來。但我堅信，我找到了從一個地方走向世界的起點，找到了可以讓一艘小船駛向大海的碼頭，找到了通往世界各地的火車站和飛機場——

那就是我家鄉的那塊土地，那塊土地上人們的生活、嚮往、喜悅和苦痛。

美國作家福克納守住了美國南方的那塊屬於他的郵票之鄉，並找到了通向人類共有精神的獨有之路，從而以自己的方式，寫出了具有人類意義的偉大作品。

哥倫比亞的作家馬奎斯，守住了那塊屬於他的馬孔多鎮，並找到了屬於他的通往世界各國的文學隧道，從而以自己的方式，寫出了真正具有世界性的偉大作品《百年孤寂》。

我們亞洲的日本作家大江健三郎，發現並守住了屬於他的那日本的「峽谷裏的村莊」，而且和許多作家一樣，也找到了通向世界、使其「峽谷村莊」有着世界意義的通行之道，並以他自己的方式表達、描繪了這條道路和峽谷村莊中具有世界性的存在和思考。還有中國作家魯迅，他筆下的魯鎮，其實正是世界的魯鎮。

現在，回到我的關於《守住村莊》的發言上。我和在坐的許多作家一樣，也和世界上許多我崇敬的偉大作家一樣，我已經找到了那塊具有世界意義，並和世界上各種膚色的人們與民族一模一樣或息息相關的精神之地；也非常明白，我只有守在這兒，寫作才有希望；我只有在這兒堅守，寫作也才不會枯竭，才有可能達到彼岸，才有可能（僅僅是可能）寫出真正具有世界、人類意義的作品來。

有了那樣一塊屬於自己的土地，有了那樣一隅幾乎等同於世界中心的村莊，又有了堅守這塊土地、村莊的信念和理想，剩下的事情，我該做些什麼呢？那就是我必須找到從這塊土地通向世界的出口，從這塊碼頭駛向大海的航線，找到從這裏出發，向走世界各地的交通工具是什麼。福克納走出他「郵票之鄉」的小路我們不能再走了。馬奎斯從加勒比海岸的馬孔多鎮駛向大洋彼岸的船隻我們也不能再坐了，連近鄰日本的大江健三郎離開「狹谷、村莊、森林」的長途客車我們也不能搭乘了。那些寫作出行的交通工具是屬於他們的。已經被他們和讀者乘坐得不堪重負了，不能再載另一個作家出門遠行了。我必須重新尋找和創造屬於我自己的交通工具，從自己的土地、村莊、碼頭、航站出發去旅行，去和今天的世界聯繫和對接，使這個村莊、這片土地，這個碼頭和航站有着世界性。只可惜，直到今天，我有了自己的村莊和土地，但還沒有找到從那村莊通向世界的路口和班車 。為此，我將固守在這個村莊裏，固守在這塊土地上，不停地為此寫作、尋找和建造，哪怕老去與死亡，都頑固的守住這塊土地和村莊，等待着來專門拉載我的專車的到來。

2012 年 2 月 20 日

因為愛 所以愛
——在日本早稻田大學的演講

女士們、先生們、同學們：

我是一個無知的人。

我的無知，彷彿一片樹葉在風中擺動時，從來沒有感受到別的樹木和林地的存在。對於日本，我似乎非常熟悉，但在我下飛機的那一瞬間，我卻知道我極其陌生。你們那獨具風格的建築，你們那在我聽來極具節奏感的語言，連同你們走路的腳步，說話的腔調和天空的雲，頭頂的風，街旁的樹，對我來說，都使我似懂非懂，熟悉而又陌生；都是我聽不明白卻可以感受其節奏的音樂與曲賦。這種陌生，給我一種想要詢問、想要了解的想念；也給我一種想要交流和彼此言說的渴望。我有一種想要告訴你們什麼的衝動。可又不知能告訴你們什麼，應該告訴你們什麼，會告訴你們一些什麼。

思來想去，因為我是一個小說家，那就從以下幾個方面，談談我對日本文學的喜愛吧。

日本文學在中國的閃爍之光

三十年前，那時我還相當年輕，對文學還在初戀時期——現在和文學已是風風雨雨在中年夫妻了。那時候，二十幾歲，中國從幾十年的封閉、左傾和極端革命中幡然醒悟，文學也因此再次獲得了解放，像一夜春來的晨風勁吹，人們荒涼的內心，因為文學，因為閱讀，開始變得溫暖而又滋潤。隨之湧進中國的整個十九世紀和二十世紀的世界文學，如同黃昏是冬，而晨至為春的百樹千花。而這時的日本文學，也是這百樹千花中的高大林木，玫瑰牡丹，她隨機到來並茂盛地生長、開花、結果在中國成千上萬讀者的充滿活力的內心。

那時候，最先抵達讀者手中的似乎是川端康成的小說。川端的小說，令讀者的喜愛，並不單純是因為他是諾貝爾獎的獲得者，而更多的，是因為他小說中如同櫻花在空中飄落那一瞬間絢麗的憂傷。《伊豆的舞女》、《雪國》、《睡美人》、《千羽鶴》這些作品，讓中國自四九年建國以後，被革命文學的烈火燒乾了眼淚、喉管的讀者，忽然看到了日本文學的清泉之美。原來文學可以是這樣的！原來故事、語言、人物可以這樣的柔麗和美妙！那時，許多中國讀者都會抄寫和背誦《伊豆的舞女》中這樣的一段文字：

一個裸體女子，突然從昏暗的浴場裏跑了出來，站在更衣處伸展出去的地方，做出一副要向下方跳去的姿勢。她赤條條的一絲不掛，伸展雙臂，喊叫着什麼。她，就是舞女。潔白的裸體，修長的雙腿，站在那裏宛如一株小梧桐。我看到這幅景象，彷彿有一股清泉蕩着我的心。我深深地吁了一口氣，噗嗤一聲笑了。她還是個孩子哪。她發現我們，滿心喜悅，就這麼赤裸裸地跑到日光下，踮起足尖，伸直了身軀。哦，她還是個孩子呐⋯⋯

　　我們會私下感歎，川端他是怎樣的一個人哦，可以把一個少女的單純寫得如此美麗；寫得如綢緞一般柔滑；可以用語言讓陌生散發出沁人心脾的溫暖。我們奔走相告，相互傳遞着對川端小說閱讀的感受，傳遞着日本現代文學中那一代人優美而偉大的作品。

　　川端來了。

　　三島由紀夫來了。

　　之後是芥川龍之介、夏目漱石、安部公房，橫光利一、大岡昇平、田山花袋，等等等等，他們不分先後，不分尊卑，我們捧讀着他們的作品，猶如冬天懷抱着火爐；宛若饑餓時從天而降的美食。好像是 1983 年，我還在中國的河南省東部軍營服役，那時中國出版了一本小說集，叫《日本新感覺派小說選》，其中收錄有川端和橫光利一等作

家的短篇作品。為了讀到這本最新的日本小說，我要從河南的商丘，到河南的開封古城去借閱，這其中相隔有幾百公里。那時中國的火車速度，慢如老牛拉車，要坐四個多小時，才可以到達。而我，想讀這本日本文學，又沒有錢買車票，於是，就不買車票，扒火車，從商丘到了開封，出站被一個警察抓住後，他問我是幹什麼的？盲流嗎？我說不是，我是當兵的，就把我的軍人的證件給了他。

他看了證件後，問我到開封幹什麼？

我說借本書。

他一愣：「什麼書？」

我說：「日本小說。」

「誰的？是那和中國《紅樓夢》一樣的《源氏物語》嗎？」

我搖搖頭，說了這本小說名。然後那警察，就把我的軍人證件還給了我，還給了我一個紙條兒。上邊寫着他的地址和姓名，說我下午離開開封回商丘沒錢不用買車票，他會把我送上火車，但希望我看完那本日本小說了，可以借給他看看。

事情就這樣。

上世紀的日本作家，在中國讀者中，如同歐美文學和拉美文學一樣，成為一種風潮，成為一種河流，蕩滌着中國作家和讀者的心，蕩滌着讀者和作家心中已經固化的革

命文學那簡單、堅固的概念，讓中國作家和讀者對世界文學，有了快速的認識和接受。

曾經聽說過，在中國文化、文學的中心北京那地方，當年有兩個青年作家，為爭論是三島由紀夫更偉大，還是川端康成更優秀的時候，兩個作家因此打了架，把飯桌都給掀翻了。但當說到這兩個作家，一個在 1970 年四十五歲自殺了，另一個，在一年多後的 1972 年 11 月，也含着煤氣管道自殺時，這兩個中國的青年作家，眼裏都含着淚水，四目相望，彼此無言。對日本文學的愛，和對他們最崇敬作家生命的惋惜與感歎，讓他們彼此的內心，都有了流血的傷痛和來自文學最深處的理解與感受。

順便說一句，讀完三島由紀夫的《金閣寺》，我也總是想到中國的某個寺廟住一段。直到今天，都還有要到某個寺廟永遠去住的執念和妄想。

這就是那時日本文學在中國的文學潮。是日本文學在中國文學中的光芒和温暖。延續了這一光照和温暖的，是 1994 年，因為獲獎而湧進入中國讀者手裏的大江健三郎。大江先生的作品，當時被中國讀者廣泛閱讀和認識，讓中國讀者了解了作為知識分子存在的日本小說家，他有立場、有思考，敢為而為的另一面。這之後，這風潮和光照，隨着中國時代的變遷，經濟發展對文化的急速取代，日本文學同其他拉美、歐美文學熱的寒冷驟降樣，熱已不

再，光已暗淡，變得相對冷清和散失。但那時，日本文學在中國作家和讀者心靈中留下的美好記憶，卻是久遠的溫暖和明亮，如同推開暗夜的暖光，永遠地滋潤、營養着一代人的閱讀與寫作，豐富着一代、兩代人的記憶和歷史。

村上春樹，閱讀多、敬重少的文學缺憾

在日本文學熱於中國漸趨淡涼時，村上春樹走來了。2000 年前後，他的到來，如同閱讀股市起伏的又一波高峰。他是獨領風騷的一個大盤股。使一枝獨秀的秋寒林地的枯木逢春。他十餘部作品在中國共有的銷量，合加起來，那會是一個天文數字，是數百萬冊還是一千多萬冊，都已經不再重要。重要的是他已經離開文學，成為了文學以外中國上億的青少年的偶像，是不出場的明星，看不見的神靈。曾經有一段時間，他小說那些詩情畫意的語句，如在世界各國一樣，會成為中國青少年短信中的語錄，如：

魚說，你看不到我眼中的淚，因為我在水中。水說，我能感覺到你的淚，因為你在我心中。(《舞‧舞‧舞》)

又如：

山川寂寥，街市井然，居民相安無事。可惜人無身影，無記憶，無心。男女可以相親卻不能相愛。愛需有心，

而心已被嵌入無數的獨角獸頭蓋骨化為古老的夢（《世界盡頭與冷酷仙境》）

這樣的文字，成為許多人短信中的名言，也成為在網上廣泛流行的標誌性語錄，凡此種種，從某種意義上說，村上先生的文學語句，取代了在中國統治盛行了幾十年的毛澤東的語錄。在一定程度上，還取代着一種統治中國人思維的革命話語。這就是文學的力量。是文學的一種新的可能。是日本文學在新世紀裏，對中國讀者最大的影響與貢獻。但比起上世紀日本作家群體在中國文學中所散發的光芒，村上先生的作品，在中國的影響與接受，卻有着鮮明的特色與不同：

一是村上的小說，在文學圈外的影響，遠大於文學圈內的影響。它對讀者有着廣泛的意義，但對中國文學本身，沒有像上世紀的作家們那樣，產生廣泛和深刻的影響。換句話說，他影響了中國的讀者，但沒有真正影響中國那些有才華的主體作家們的寫作。不像川端、三島和安部公房及谷崎潤一郎等作家那樣，不像日本「新感覺」和「私小說」那樣，都曾經給中國文學帶來深刻、微妙、複雜的變化。

二是村上小說的讀者，都基本分佈在中國八九十年代出生的年輕人中間。年齡多在十七、八歲至三十歲之間或上下，而沒有進一步延伸分佈在四十歲以上、有相當社會

經驗和閱讀體驗的更為深層的讀者。這彷彿表明村上的小說，是一種青春的標誌和閱讀，證明着閱讀者的年輕、青春和活力，拒絕或閱讀的停止，則標誌着某種更深刻的成熟或向成熟的靠攏。

第三，村上的小說，與上述的那些優秀的日本作家相比，還有一種更深刻的不同。那就是上述作家，都進入中國學者、批評家的研究領域，而村上，卻多少止步於此，不十分走入或基本不走入學者和理論家更為深層的研究。即便時有研究論文的產生，也多是對村上閱讀現象的概析和條理，而非文學本身之探討。

為什麼會有這樣的差別？千野拓政教授在他的論文《東亞諸城市的亞文化與青少年的心理——動漫、輕小說COSPLAY 以及村上春樹》中，以「輕小說」和「青春閱讀」做了大量的調查和研究，他到越南、南韓和中國，跑了很多城市。把這一「輕小說」和青春閱讀，分析得深入、清晰、明瞭。那是一篇關於村上小說閱讀及接受的極有價值的論述。而我要說的，是以村上春樹為例，日本文學在中國讀者和作家心中失去的那種敬重感、神聖感。這如同一個神秘的明星，我們都對他們有着十足的好奇，但卻不一定着那份沉穩的敬重。

我以為，一顆對作家和他作品的敬重心，遠勝於、大於十個、百個讀者對他作品好奇的喜愛和閱讀。儘管敬重

來之於閱讀，但閱讀卻往往無法抵達我們說的那種敬重。就我個人而言，我對村上先生是相當敬重的。但這分敬重，並不首先來自對他作品的閱讀，而來自他在耶路撒冷的那次獲獎感言：「關於雞蛋和石頭，我站在雞蛋一邊」的那篇著名的演講。還有在中日之間因為島嶼之爭，彼此的國族情緒都到了白熱化時，他那篇「政治家都似喝醉了酒」的犀利而又及時的論斷。在這兩篇文章中，他讓我看到了一個作家的正直、善良和偉大，看到了他獨立而可敬的人格。也從此，讓我對村上先生，開始產生一種由衷的敬重。

回到日本文學上來，今天在中國龐大的讀者群裏，除了村上先生，也還有不少別的日本年輕作家的作品，但就其銷量和影響而論，卻是無法與村上同日而語的。比如更年輕的作家青山七慧的《一個人的好天氣》，金原瞳的《蛇與環》等，作品也都有可觀的銷售，但就其所引起的閱讀的敬重感，卻和村上先生有一種相似性，都是是一種「閱讀多，敬重少」的延伸。

據說德田秋聲的小說，在日本已經不太有人閱讀了，但他的《縮影》，我卻曾經讀過三次。他對所處時代的困惑，對筆下人物那份潔淨的愛，每次閱讀，都讓我心生漣漪，不能平靜。安部公房的《箱男》、《砂女》，夏目漱石的《明暗》、《我是貓》，還有介川龍之介的短篇小說等，以及許多早時日本作家的作品，那種閱讀的敬重，從今天中國

讀者對日本文學的閱讀中淡薄了，甚至有時完全消失了。這源於日本文學的變化，也源於中國社會今天狂飆式的變遷。金錢、物利、欲望和消費，成了今日中國最重要的一種時代的思想和觀念，它如同牢籠一樣，圈養了讀者的心靈。但是，文學終歸是一種文學，是靈魂的養地和內心自由的草原，是人與人、心與心之間關係的滋補和審美。因為愛，所以總是渴望那種敬重心。之所以會敬重，是因為那些文學中有太多溫暖、深刻、複雜的愛與見證在其中。正是在這個角度上，我渴望日本文學可以如上世紀八、九十年代那樣，一批又一批，一代又一代的從中國讀者的手上走進心裏去，讓中國的作家、批評家，和一代一代的讀者群，閱讀、研究，並抱有那種持續不斷的對日本文學曾經有過的敬重感。

我說一件事情。假如因為某種災難的原因，我們要向社會募捐時，一個巨富，一個明星，他向社會捐出一百萬，一千萬，這當然會引起我們對他的關注和尊敬。但是，在這場社會災難中，一個乞丐，一個一貧如洗的普通人，他變賣全部家產，傾其所有，哪怕只向募捐單位捐了十元、捐了一元錢，而他所引發的我們對他的關注、尊重和敬重，可能會大大超越巨富和明星的百萬和千萬。因為，他不光捐贈了他僅有的一元、十元錢，他還和盤托出了他的一顆心。關於日本文學在中國今天閱讀多、敬重少

的景況，大約就是這種情況，如同巨賈、富商、明星的捐款樣。讀者廣眾，這不是一件錯事，而是一椿幸運——如同渡邊淳一先生在中國的大暢銷。但有了大眾的閱讀，而缺少的那種敬重感，卻是非常值得我們關注和思考的，是值得我們探究和討論的。

今天中日文學交流中的冷

無論怎樣說，今天中日文學的交流，已經不像過去那麼頻繁和豐碩。對於中國文學在日本的景況，據我所知，除了上世紀八、九十年代，日本讀者抱有對中國文學一段時間的好奇和熱情，在今天，也已經相當的寒涼和散淡。今天，中國作家一本優秀的小說，在日本能賣幾千冊，不賠錢，就是相當不錯的成績了。而日本文學在中國，還有不錯的銷量，卻沒有那份不錯的敬重了。為什麼會這樣？我想一是文學自身的變化。今天無論日本還是中國，寫作都太被市場所左右。在一定程度上，銷量成了一部作品成敗的唯一判斷，而一個作家完成一部書，也奉獻出了一顆心的寫作，已經越來越少。不久前，中國的一家媒體，公佈了外國作家在中國銷售收入的排行榜，排在前十名中的，有四位是日本作家。他們分別是村上春樹，佐佐木洋子，東野圭吾和黑柳徹子。他們在中國銷量的版稅，多在

600萬，少則200多萬。對於這樣的暢銷和收入，對於整個日本文學來說，我不知道是一種幸運還是哀傷。第二，時代已經被科技和經濟發展所取代，消費，娛樂成了整個世界文化生活的主旋律，所以，文學和文學交流的冷寒，在一定程度上，便是一種必然的事情。第三，阻礙中日文學交流與發展的政治因素和人為性。我以為，這才是今日中日文學在對方國度寒涼的一個重要原因之一。作家們對人和世界那種文學的探求，在中日作家中，並不缺少和稀薄，但因為政治，因為一些民族主義的情緒，讓這種文學的交流，有了一種雲霧的籠罩。尤其最近幾年，無論是中國還是日本，在選擇翻譯哪些作品時，政治的考量，也成了重要的因素，着實在是一種大悲哀。

政治走進文學，就如同黑暗來統治光明，這不僅是文學的悲劇，也是作家和讀者的悲劇。誠實地說，在中國龐大的讀者隊伍中，是有相當一部分讀者要把政治和民族主義情緒帶入其中的。兩年前，我所知道的一些中國文化、文學的交流，在一夜之間，因為那幾個島嶼的爭端，確實在中國被擱置下來了。一些交流也被取消了。一些既將出版的日本文學作品，被停置、擱放在了打字機前和印刷廠裏。村上春樹先生在他的關於「島爭和政治」的文章裏，說他的作品在中國被下架，禁止銷售，事情沒有那麼嚴重，但我是相信，在中國的一些書店，一定為了某種「安

全」，會有不少的書店把日本書籍下架擺在櫃內的事情發生，如同那時在北京的幾乎所有的日本餐館，都會關門一樣。就是現在，爭端的鋒芒已經沒有那麼尖利，喜歡日本文學的中國讀者，都已慢慢回到了對日本文學的閱讀中，可那帶有政治色彩的對日本文學的選擇、翻譯、出版和介紹與宣傳，也總還是在各個地方、環節都表現出相當謹慎的態度。

政治和市場，已經成為今中日文學交流的兩大障礙。他們像北京的霧霾，時而有光，時而灰暗地籠罩在這種交流的上空。天空晴朗時，我們會看到那些已然銷量不大，但令讀者備加敬重的對方的作品，但霧霾嚴重時，這些作品就從我們的視線消失了。現在，這些年，令我們真正敬重的既有藝術探索、又有深度思考的翻譯作品，越來越少。對於日本作家，我不知道是這種莊重的、視文學為神靈和書寫人的靈魂和人類的生存境遇的寫作越來越少，還是因為政治和市場的原因，使這種讓人敬畏的日本作品，最終都無緣中國的翻譯和讀者。我非常讚賞在中國的十部最暢銷、最賺錢的外國作家排行榜中，日本作家就佔有四席，但那些令人敬畏的日本作家的寫作，卻不應該埋沒在這樣的寫作中無聲無息。

讓莊重走回來。讓當年中國作家和讀者，對日本作家和作品的敬重重新回到中國的讀者中，也讓中國文學中

那種真正有藝術價值的作品，走進日本的讀者裏。這是一種理想，也是一種可能。如同村上先生的作品，先有廣泛的中國讀者，有一天也可能會有廣泛的敬重和研究的可能樣，那些真正值得敬重的作品，因為值得敬重，而未來也會有相當讀者的可能。我自己從來都相信這一點，相信在莊重的文學的頭頂，霧霾終將會過去，陽光最終會照來。

因為愛，所以愛，
讓文學穿越彼此的隔離和陰影

同學們，朋友們，這是我第一次到日本來。去年九月我已經買好了到日本的機票，第二天就要出發，可在深夜十二點，我接到了電話通知，如前所述，因為政治和中日島爭的原因，大多的赴日活動計劃都被取消了。那時候，我沒有為不能到日本感到遺憾，只是不斷的產生疑問：文學、文化、藝術，為什麼不能有別於政治、國家而獨立存在？為什麼它總是要受到政治、政治家和各種利益、權力的左右？

而這次我到日本之前，我的家人、朋友也都再三叮囑我：你到日本，不能這樣，不能那樣；這個不能多講，那個一定不能去講。對於日本和一個要到日本的中國作家，人們較少使用文學、文化的目光去打量、去思考；而更多

要用政治的眼光去審視，去考察，這是文學的悲涼，是中日文學交流中黑暗的阻隔。在中日之間，讓文化回歸文化；讓文學回歸文學。讓政治和權力從文學和文學交流中退出去——這，也許我們做不到，但我們不能不去為之而努力。

這次的日本之行，總讓我回憶起我少年時第一次出門遠行，獨自走在孤寂、貧窮的山野，到四十里外深山區我的姑姑家。在那更為荒涼的山脈間，有一個非常小的村莊。在那個村莊裏，在那無邊無際曠野間，白天，人和牲畜宛若戈壁灘上的幾粒沙；而夜晚，月亮顯得特別大，猶如人的頭頂有一面湖，發出一種冰寒的光。在那寒冷的星光月影裏，我被姑姑帶去聽村莊裏一位老人講故事。那一夜，我聽到了一個讓我終生溫暖，終生難忘的故事。故事說：很早很早的時候，有個貧困的山裏人家，他們家裏沒有了糧食，也沒有了一根柴燒，而這時，這個家庭唯一的孩子，又得了風寒，躺在母親的懷裏，在他將要死去的時候，他告訴母親說，我又冷又餓，能在死去之前讓我吃一頓飽飯嗎？能讓我抱着火爐，烤着溫暖的炭火離開這個世界嗎？母親抱着這個奄奄一息，而又饑餓、寒冷到不斷顫抖的孩子，眼裏含着淚光想了一會兒，告訴孩子說：「兒子，不用擔心，我們家有最好吃的糧食，有最溫暖的炭火。」說着，母親把孩子放在床上，蓋上被子，取來灶房

的鍋碗瓢勺，找到壓在箱子底部的一段紅綢。然後，母親就含着淚水，把鍋碗瓢勺在兒子的床前，敲得叮叮噹噹，如要大擺宴席、正在燒飯炒菜的模樣，使那些做飯的炊具，都響出忙而有序的節奏來。與此同時，她還把那一段紅綢，在兒子面前舞來舞去，舞出花，舞出光，舞出一爐炭火熊熊的光焰和溫暖。

就這樣，她的兒子在母親的一爐火光和他面前用空空的鍋碗炒好、擺好的一桌空無而豐盛的宴席中死去了。

這個孩子死去的時候，臉上佈滿了紅潤的笑容，眼裏滿含着吃飽、穿暖、溫和、平靜而幸福的光亮。聽完這個故事之後，我眼裏滿含着悲涼的眼淚，心理卻有一種溫暖而蕩漾拂動。那悲涼，是為了孩子的命運；那溫暖，是為了那偉大的母愛。

同學們、朋友們，這個故事並不神奇和複雜，但卻充滿着一種可以穿越寒冷的溫暖，可以穿越時間、死亡和隔離的愛。它讓我數十年不能忘記，像一盞永不熄滅的微亮之燈，在溫暖着我的情感，照亮着我文學中幽暗的角落。它告訴我，愛，不為什麼，就因為愛。

因為愛，所以愛！

愛是我們人與人之間的唯一目的，而其他，歧視、仇怨、嫉妒、傲慢、陰謀和虛偽，都是愛的敵人，都是阻斷人與人相愛的隔離，都是籠罩在愛的上方的陰影。而對於

作家、對於讀者、對於世界上所有對故事還抱有傾聽和好奇的人，可以幫助我們穿越這種隔離，擺脫這種陰影的最好方法，就是讓我們存留對文學的熱情。如此，即便我們的命運，會如那個饑餓、寒冷、又有風寒症的孩子，而文學，也會給我們帶來如同母愛般的溫暖，讓我們感到永生幸福的、精神的存在。

感到來之文學的一種偉大、莊重的愛的存在。

讓我們在幽暗中寫作，寫出永恆的溫暖來；讓我們在光明中寫作，寫出那種被人歧視、忽略，雖然弱小卻依舊偉大的靈魂來。

中國的寫作環境，當然不如日本作家的寫作環境那麼寬鬆、自由，它還有許多關閉的門扉，需要作家人格、才華去推開，去創造。然而，正因為這樣，寫作也才顯出一種更為不凡的意義，作家也才更有可能寫出不凡的作品。但是日本文學一代一代的傳統，一代代更具現代性和世界意義的寫作，更長歷史的與世界文學的溝通與融合，使得日本文學更可能被世界各國認同與接受，產生和創造出更多世界性的作家和作品。在我看來，無論是單單的中日兩國，還是整個的東亞文化與文學，在這個新的世紀裏，都遇到了一個再次崛起的可能和機遇。而我們彼此的交流，卻有着一個沒有衝破的瓶頸。

這個瓶頸，就是我們總是談論的三點 ——

一是被政治所左右。交流中總有一種寒冷症，隨時都會因為政治停頓和搖擺。二是被市場、金錢所左右，缺少一種如上世紀九十年代日本文學盛行中國的莊重感；三是在這種交流中，我們捨近求遠，更重視和西方的往來，而輕談中日或東亞自身的交流與建立。我們缺少一種東亞或亞洲的中心感，總是無法擺脫那種西方的中心主義和中心觀。基於這樣的認識，我也才總是想要重複那樣的觀念：因為愛，所以愛，讓文學穿越我們彼此的阻隔與陰影，成為我們內心的火種和光源。因為愛文學，讓我們彼此也愛對方；因為我們彼此間總是存有那種理解和包容的愛，那就讓我們從寫作、閱讀和交流開始，愛文學、愛莊重、愛人與人、心與心之間那種沒有隔離和陰影的融洽與溫暖。讓我們因為文學拉起手來，建立起一個真正彼此溝通、融合、成長、尊重和最終成熟而牢固的充滿着理解與愛的東亞文化圈。

　　如果有可能，也讓我們共同努力，在未來的世界上，建立起一個以東亞為中心的文學、文化的亞洲中心點。

　　謝謝大家！

2013 年 12 月 13 日

被牧放的羊或逃群而行的獨立
—— 在丹麥文學節的演講

我們經常在生活中或影視作品中，看到這樣一個場景：山坡上有一群羊，在自由自在地吃草或在河邊自由的渴飲，但在那羊群的背後，或群邊某處的岩石上，卻站着一個牧羊人的身影。他高高的舉着牧鞭，或懶散地依樹而立，胳膊彎中夾着牧羊的鞭子，吹着口哨，唱着牧歌。那麼，這群羊到底是自由的還是被鞭子專制的？

這個羊群，就是中國的作家群。

那個手有鞭子的牧羊人，就是中國體制之下的文學之體制。

今天中國文學體制的特殊性

文學與藝術，這是世界上最需要個體自由的一個行當。一切必須以個體方式完成的藝術，都是極其需要人的自由的行當，比如繪畫、音樂、寫作等，在某種程度上，電影、電視、舞台劇，對自由創作的渴望，是不如文學、

美術和音樂的，因為它們有時更依賴於團體，不是為了「個人」的創造。但寫作——作家這個行當，因為對個體的巨大依賴，也就天然地對人和個體自由有着更高的要求。面對個體的自由，世界上偉大作品的產生，大多都在兩種情況之下：一是個人創造，有着絕對的自由，我想寫什麼就能寫什麼，想怎麼寫，就能怎麼寫。除了作家自己對自己的約束，沒有他人、權力、制度的外來束縛。二是沒有個體自由寫作的天空，卻有個體創作在束縛中的掙扎、喘息和抵抗。

　　然而，中國作家的寫作，似乎不在這兩種情況之下，而在一種特殊之中。這種特殊性，就是中國當代文學確實是作家個體創作的，而作家的個體，又幾乎是不能獨立存在並真正自由寫作的。每個作家，都在文學體制之中，都是這個體制的一個部分。而這個存在的文學體制——由作家協會主導的文學制度、專業作家制度、業餘寫作的會員制度和非會員但卻在中國體制下生存的業餘寫作等，都如群羊的集體牧放，表面看，山坡上的每個羊都是自由的，但實質上，那個牧羊人，確是在羊群邊的高處看着的，隨時會把羊鞭在空中抽響的。

　　如前所說，文學之體制，也是集權之組成。是集權所養，集權所成，首先為集權服務，而非為文學所需。文學

體制為文學所做的一切，都是為了集權或以文學的名譽而為集權服務的。

其次，在集權控制的框架內，作家是有相對自由的。這個個體的相對自由性和寫作自由的集權總體控制性，構成了中國作家寫作自由與被管控的最大特色。如同羊群的牧放，在牧羊人鞭子許可的範圍內，那羊是自由的、自在的、隨性的。

當代作家和文學體制之關係

一隻鷹要在天空飛翔時，它不需要任何的籬笆和圍網。如果有了網攔和籬笆，鷹就沒有飛翔而只有死亡了。但是，一群羊有了牧鞭、籬笆和網攔，卻能照樣的生活和生存，而且可能會生活得更好、更肥碩。鷹和羊的差別，是鷹很少在天空集群而飛，獨立的自由，更成為它的必然；而羊群，則群聚更好，把一隻羊單獨的放入山野，它會孤獨、恐懼、尖叫，更渴望入群和回到圈養的欄內。這就是中國作家基本的習性，更像羊，而非鷹；希望集體，而並不真正對個體自由有怎樣的渴望。有了集體中的寬鬆和相對之隨性，也就會滿足於那種被牧放的自在，而不再為真正個人創造的自由而爭取和奮鬥。至於說到為自由而犧牲——為個人權力而非生命的，也是難得、難求之壯舉。

為什麼會這樣？想來大約因為，一是中國人自古以來都有被封建權力所奴役的根性。直至今天，在中國的任何地方，任何時期，都未曾出現過公民社會或公民社會的烏托邦文化與理想。古希臘時期，他們的文化人、思想家和知識分子，有「理想國」的出現，而在中國的古代，知識分子的理想是「桃花園」。「園」和「國」有本質的差別。「國」需要奮鬥與建設，需要犧牲和理想。而「理想國」這樣的烏托邦，從一開始就有公平、公正、人權、自由的思想存入其中的，是「理想國」之所以為之理想的骨架與根由。而「園」，它不是地理面積的小，而是文化理想上的小。「園」，它是為個人的、少數的、而非想着天下國民、百姓的。「桃花園」，就其本質而言，是對權力、社會的一種逃避。是因為政治和戰亂的繁複，人要在逃離中的「相遇」，而非對社會、百姓、人民負責的創建。它的理想是逃避和自安，而沒有對他人負責的公正、公平、權力和自由的爭取和建設。它負責的是「我」，或「我們」，是一少部分人的生活和快樂，而不含有「他」或「他們」、絕大多數人生存、生活的理想準則在其中。

　「理想國」是一種「國之準則」的理想。

　「桃花園」是一種「我享天樂」的理想。

　這就是中國知識分子和歐洲知識分子來自本質的差別。所以，直到今天，中國知識分子的理想是為己的，而

非為他人和國家之未來。就是那些一口一個「民族未來復興」的人，也多半是把他個人的利益、權利、名譽作為動力的。就是在個人命運、權益受到極大傷害時，她想的也不是「創建」，而是逃離和「大隱」、「中隱」與「小隱」。在這樣的骨髓思想裏，作家，自然是要做桃花園中的隱士，而非理想國中的鬥士了。而當隱士成為中國知識分子和作家歷朝歷代的文化理想時，誰都不會再成為為國為民的志士了，什麼人權、自由、公正、公平等，對他都不是必需品。如此，作家是和所有知識分子同樣的人，當「只求桃園自安樂，不求理國共平等」成為文化的傳統血液時，將「桃花園」之理想修正為「理想國」，其實是一種「換血」。而換血，則是一種生死大冒險。這樣，作家的寫作，自然也就寧可被牧放而活着，也不去為「高飛」而換血了。

另一方面，專制到了二十世紀和二十一世紀，無論是世界推動中國，還是經濟改變制度，對於作家的管控，權力做了最為有效的改變。即：從「圈管」改為「牧養」——把羊圈中的羊，放出來趕向山坡。如此而已。當所有的羊，在專制的圈中都想着「自由」時，到了山坡，牧羊人只是遠遠地站着，偶爾甩響一下鞭子，提醒一下「頭羊」的方向，這就夠了。長期在圈中的羊群，有了山坡和某一片荒野，空氣有了，鮮草有了，那麼我還要什麼呢？為什

麼要去做那領着羊群徹底逃離牧鞭的頭羊呢？為什麼要為了大家的自由，而獻出自己的生命和利益呢？

這就是寧可被牧放，也不做叛牧離鞭之頭羊的實用哲學。是作家羊群的共有思想。因為在集體中間，安全也還舒適，只要不在牧場上做徹底自由之它想，鞭子大抵也就不會落下來。那麼，就讓我們都呆在集體中，誰都不要背叛和逃離這個被牧放的集體吧。

牧放和被牧放是一場寫作生存之遊戲

當被牧放作為奴性成為血液時，並不等於說作家不渴望寫作的個體絕對的空間和自由。無論絕對自由在社會上到底存在不存在，但作為人，對絕對無羈自由的追求，卻是一種天性和本能。加之個體藝術對「想像自由」的絕對依賴，面對專制下的中國式寫作之體制，作家自然對寫作的「自我絕對自由」，有着渴求的嚮往和追求。這就構成了一種局面：文學和作家的本身，是要作家去做一隻個體自由的鷹，而中國文學的體制，卻是要你成為一隻群體中的羊。不光你的身體是被圈束的，思想也是被圈束的。為什麼文學總是被號召要「主旋律」和「正能量」？為什麼「唯美」會成為文學至上的藝術標準？為什麼「娛樂至死」和「高度消遣」會得到體制的肯定與支持？為什麼在一個病

態的社會中，醜態百出的現實裏，在人心墜落的幽深黑暗時，只允許作家看到光明和正面，而不鼓勵、不允許作家去幽深之處探究人性最黑暗的部位和根由？凡此種種，都是要作家做鷹還是做羊的糾纏和矛盾。因為，世紀已經到了二十一世紀，中國的政策與開放，無論政治上多麼關閉和嚴守，作家和百姓，也都已明白「理想國」要好於「桃花園」。這樣，在時間和寫作的糾纏中，羊和牧羊人，中國的文學體制和中國的作家、讀者、批評家，也就大體形成了如下的默契和大遊戲中的小遊戲，大規則中的小規則。

1. 我給你一片草，你就不貪求青山綠水的大地了。如果把作家精神的自由比喻為大地的寬闊，那麼，體制給中國作家供給的工資、醫療與房子等，人們生存必須的物利，正是一片讓羊可以基本吃飽或不太挨餓的人工草原供給站。人的那種情性和貪欲心，在這一點上得到了適度的滿足。於是，這就有了一種默契，我供給你為專業作家，你就只能在這片許可的草地散步和覓草；反之的越規，就成為一種背叛和不良。

2. 建立自己的文學標準，以整合作家們的自由和思想。中國文學，是有自己認同標準的。這種標準雖然不是可丈量的高度、長度、體積與重量，但「好作品」與「壞作品」，在作家、讀者、批評家

和政府那兒，是相當明晰清楚的。比如政府號召的「主旋律」與「正能量」，讀者、批評家共同喜愛的「真、善、美」和被推崇的在藝術形式本身而非把形式、內容融合為一的「純」文學和內容上的「唯美主義」，這些都是文學的高標準或最高之標準。首先達成這種標準共識的，是幾乎被意識形態控制的文學史和完全被意識形態教化控制的媒體們。而讀者，無論多麼分化，主體也還都是被文學史和媒體培養、教化生成的。而那些主筆書寫文學史的學者和批評家，他們主張在「體制內生活，體制外思考」，但出版、讀者、媒體和他自己所受教育之限制，所寫成的文學史，也大都是與政府要求「合味」的文學史，這樣，宣傳、評論、評獎和各種各樣對閱讀市場的引導與管理，一個各方妥協、都可接受的「好作品」的標準就基本形成了。

這種「好作品」的標準不寫在紙上和文件、規定裏，但卻用體制的力量與時間的紙筆，寫在幾乎所有與文學相關的作家、讀者和批評家的頭腦中。落實對「好作品」、「壞作品」的評判，就是對「主旋律」、「正能量」、「真、善、美」、「純文學」（被利用和用以點綴去陪襯其他的合理性）

和唯美主義的揚化，而對另外一種用最個人的方式，最藝術的可能，真正對這個世界、現實、歷史乃至文學本身表達關切、懷疑的作家和作品，則被視為「違規」、「犯忌」和「禁止」，權力通過對媒體和多數批評家的管控，使得這類作品「無聲」或「消失」。久而久之，當人們都對「好作品」總是千呼萬應，而對「壞作品」總是沉默淡遠後，作品好壞的標準也就共識了、默契了，形成了。而作家的寫作，也大多沉陷在了這個被文學體制認同、也被讀者和批評家共同接受的標準裏。而文學中最具個性意義的創造性，在這個標準裏被剔除出去了。真正的懷疑主義和剔肉見血的批判、諷刺的尖銳，被剔除出去了。於是，作家的想像、創造和思想，成了被標準可以界定、管理的尺度，作家也就又成了一隻羊而非一隻鷹。無非這隻羊是山羊，偶爾愛離開羊群一會兒，到懸崖的高處或河邊的橋頭，獨自咩叫和張望，但它終歸還是羊，一聲羊鞭的響起，它就又歸依羊群了。

3. 把山羊與綿羊分開。我少年時候做過牧羊郎。有經驗的羊把式曾經告訴我，要把一群羊放得好，就要把山羊和綿羊分開來。一般說，山羊是愛獨

自行動的，如有獨立性的作家總愛獨自思考、獨自言說樣。因此，那些愛獨自行動的山羊獨自行走時，會帶走一批跟隨它的羊。這時，有經驗的牧羊人，牧羊時就會把山羊和綿羊分開來。把山羊單獨趕到無處行動的一個崖坡上，或者趕到哪也不能走離的一條峽谷間，而把綿羊們，留在好管好叫的緩坡處。再或者，索性就把那一隻兩隻愛四處遊動的山羊拴在某棵樹下面，讓那些聽話的羊們在規定的草地漫遊和自由。

文學體制對今天中國作家的管理，採取的也正是這個牧羊法：把山羊和綿羊分開來。把多數被認為是「好作家」的綿羊從體制或思想上集中到一起，把被視為壞作家的少數山羊們，從思想到行動都分開到另外一個地方去——大股大群的綿羊群體外。這種分開的方法，是靠專業作家體制和作協的會員制度，評獎制度和可管控的媒體與文學評論的褒之和抑之。能夠使你成為綿羊的，就吸收你為作協成員或專業作家，再或通過評獎、活動、會議、出國、資助翻譯等等。把你吸納入「綿羊群」，而那些百呼不應、不諂媚、不頌讚、一定要特立獨行、孤意思考的，那就把你歸入「山羊」列。

綿羊是大多數，山羊是極少數。於是你就孤單了，冷寂了，被打入另冊了。寫作、出版和社會視你之目光，都

「另眼相看」，受到更多「關照」了，不光新作難以出版，遭刪遇改，乃至你多年前一版再版的舊作都難以面世了。一邊是文學體制對大多數綿羊們多方的權力之照顧，另一邊，是對少數山羊的冷寂和邊緣。如此，大多數的綿羊和少數的山羊們，就被劃分在了「好」與「壞」的兩塊營地，一邊是肥沃的水草，一邊是乾涸的荒坡；一邊是文學體制的寵兒和關愛，另一邊是被文學體制視為逆子的冷落。到末了，山羊們就被孤立了、孤單了、迫害了；體制的綿羊隊伍就愈發壯大、肥碩了。

在獨立性中熟睡、裝睡和醒着的人

今天，説中國當代作家獨立性處於一種整體的混沌，顯然是一種誇大和以偏概全的錯覺。但説中國作家獨立性已經集體覺醒，那也實在誇張和自戀。中國當代作家集體的自覺性，其實不再混沌與覺醒之間，而在覺醒後的「裝睡」之中。是一種極端的「懶床狀態」。是醒悟後有意的混沌和迷糊，如人在一夢醒來，理清了一天中許多工作、得失、利益後，又有意躺在床上享受迷糊和睡眠的朦朧之耽樂。

一切都是明白的，只是懶得去做它。

一切都是覺醒的，只是不會去説它。

就是那些唱着高調，每天都在以民族、國家、復興的名譽說三道四、教化別人的著名作家和文學工作者的領導們，他們也並不相信他們說的是真話。一如一個黨的高官每天都在大話、文件中生活和演出，但他自己也不相信共產主義樣。「我們永遠也叫不醒一個裝睡的人」。這是去年在中國很流行的一句話。意思就是那些裝睡的人，不是沒睡醒，而是太清醒。因為清醒而裝糊塗、而躺在溫暖的床上閉死了眼，你如何能把他叫醒、搖醒呢？

今天，有才華的中國作家，個個都明白獨立、自由對寫作的意義和對中國未來的重要性，之所以會「揣着明白裝糊塗」，就是放不下手中的權力和利益。對於中國整體的文藝、文化工作者，對於這些人中最追求個體自由的作家們，體制基本不再使用革命和暴力的手段去壓迫和強制這些人。隨着中國「毛時代」的結束和一個經濟富裕、金錢寬餘的時代的到來，體制對文化、文藝人群的改造、管理、控制的方法，也從批判、迫害的革命暴力手段，卓有成效地轉化為對作家賦權、受譽、賜福的策略。用權力、榮譽和金錢的饋贈，替代往日普遍高壓政策的壓迫與迫害，使那些清醒、明白、富有才華的作家們，為了金錢、權力和榮譽、甘願臣服於中國獨有的作家制度和「中國特色」的獨有之體制。幾年前的劉曉波因言獲罪，和不久前的哲學家徐友漁、律師浦志強等人因在家庭舉行紀念

「六四」而被定位「滋釁鬧事」罪，中國作家對此是保持了集體沉默的。為什麼會這樣？一是大家集體對權力的恐懼；二是擔心「多言」而失去那得到的利益。

在權益一方面，整體說，大多作家也都是「因裝睡」而獲得利益的人。是一種獨特的「即得利益者」。基於作家也是體制、現實的即得利益者，清醒者也就在獨立與自由面前裝睡而沉默。所以，在體制面前，面對作家必須追求的獨立、自由的想像空間時，作家的隊伍有三種類型產生了。

一是真正糊塗的作家們。他們的寫作本身，在現有體制面前，不需要什麼個性、自由與獨立，只是為了大批無知的讀者和金錢。理想就是更多的讀者和鈔票，這種寫作和寫作者，是只可以稱為寫作而不可以稱為作家的。而也要把這樣的寫作者稱為作家時，那他們就是一些真正糊塗、永遠沒有睡醒過的作家了。

二是裝糊塗的作家們。他們一面清醒明白，另一面在作家體制中如魚得水。對獨立因為明白而放棄，因為放棄而受益，成為作家隊伍中的權利獲得者，竭盡所能為權力工作而獲利。他們是作家中的一群「精神分裂者」和虛偽者。因為分裂而虛偽，因為虛偽而分裂。其才華成為體制的資本，才華愈大，為體制工作愈多，因此獲得的權力、榮譽、利益也愈多。在這個正比的鏈條中，變得更加明白

和清醒，更加要裝成一個真真誠誠的糊塗人和糊糊塗塗的明白人。把非文學和意識形態的空話、大話、套話說成文學或相似文學的話，以使所有的作家和文學工作者，都相信文學應該是這個樣，本就這個樣，從而幫助權力完成體制對作家想像的控制和管理。

當然，這樣長期裝糊塗的結果，也會使這樣的作家和管理作家的人，從裝糊塗中「醒」過來。別人叫不醒裝睡的人，歲月和他的命運，會把他從裝睡的狀態中喚醒或搖醒，讓他從裝睡中睜開眼，看見和正視作家獨立性的必須和必然，並為之努力和助力。另一方面，因為裝睡久了，也就真的睡着了，真的成了一個永遠睡着的糊塗人。這在中國作家中屢見不鮮，比比皆是，怕也是裝糊塗的作家的多數和最終之結果。

三是可恥而清醒的作家們。這樣的作家一面是坦蕩，一面是可恥。他們內心非常清晰文學應該是那個樣，可我偏要這麼做、這麼寫，吻合黨的需要，為意識形態鳴鑼開道，頌德鼓歌，把黑的說成白的，把鮮血唱為鮮花。一切都要以文學的名譽，讓權力成為文學的父母和爺奶。因為有體制與權力的撐腰，便就坦蕩地書寫謊言，擴散虛假，愚弄無知的人群。這樣的作家是可恥的，也是可怕的。可怕就可怕在他「明知不可為之而為之」，信誓旦旦，言之鑿鑿，把謊言的文學借助權力和納稅人大批的金錢，印刷下

發，搬上電影、電視之屏幕，由媒體為他們樹碑立傳、鳴鑼開道，由無知、無恥的著名演員和導演為這種謊言文學佐證和再創作。於是，真相消失了，假的成了真的。改寫歷史就嫁接桃李一樣，而那些被蒙蔽的讀者、觀者還在為他們鼓掌和喝彩。

獨立性的到來與徹底性

這麼說，彷彿中國當代作家都是鐵鑄的外殼，靈動的內心。心靈是滑輪軸承，而身軀則為全金屬外殼。都是內心異常清晰的明白人，是非顛倒、紅白黃黑，看得一清二楚，只是到了嘴上，到了行動上，一切都歸於沉默和反向，一如雞知道鷹的自由，而自己甘願把自己的羽毛獻給主子做夏涼的扇子。情況不是這樣。中國當代作家今天對寫作自由的追求和個性獨立的覺醒，已經不是哪個和哪幾個，而是一代人、兩代人，一個作家群和幾個作家群。尤其在作家體制內生存和在體制中擔任作協領導的一些作家們，他們既是中國當代作家最活躍、最富創造力的人，也是最渴望想像自由、精神獨立的知識分子。這些大都出生於上世紀五、六十年代的作家們，（如前所述）近年創作在不約而同間，對中國現實和所處歷史的關注和寫作，就是集體覺醒後的開創和追求，是作家獨立性和自由精神的建

立和真正之開端。這一代作家獨立性集體的建立與確定，將會影響其後年輕作家們的寫作與追求。這不僅是因為這些作家在知名度和成就上都在覆蓋、籠罩着中國文學和文壇，還因為他們確實都是作家體制的骨架和血管，不僅都是作家協會的領導者，也是中國文學和文學史的風行者。更年輕的八零、九零的作家們，因為歷史之原因，有天然的自由性，而缺少一種自覺獨立的反抗性和建設性。在作家的人格中，在自由精神和獨立性的建立中，在中國式專制和作協體制內，作家的寫作沒有自覺的體制反抗是令人擔憂的，因為他們對獨立精神的追求不是來自對現實、歷史的反省和懷疑，而是來自生活的本能和藝術要求之需要，這就令人擔憂這種獨立精神在確立中的力量持恆和徹底。徹底性，已經成為今天中國成熟作家面對獨立性的考驗和試探，是蜻蜓點水，「擦邊球」式的點到為止，還是作家人格、立場、世界觀與文學觀的調整與改變，將是中國文學今後可以拭目以待的事（請不要樂觀）。而作家，今天在作品中表現出的對體制、權利的掙扎與反抗，是會被更大的權力和恩惠所俘虜，還是會棄權拋利而獨立——期望真正到來的自由的想像、思考與寫作，其實是值得懷疑和擔憂的。說到底，今天的中國作家們，面對歷史在恨和愛、懷疑和稱頌的態度上，表現出的是因對權力、體制的懦弱而不願、不敢去反抗，去思考，去進行個人的藝術

探究和表達；而面對現有的物利和誘惑，則沒有能力去決絕的輕淡和拋棄。在一定程度上，作家因為對物利誘惑的無法抗拒，而最終不得不和權力、體制融合與配合，而成為作家體制的雞、羊和犧牲品，一如雞知道鷹飛得更高，但無力拋棄主人丟在面前的食糧樣；綿羊知道山羊獨行登高，能看到更多的風景，但也必須要面對牧羊人的鞭子和山羊落崖而亡的風險樣。

既然知道，那就觀望。

既然知道，那就在嘗試中止步或放棄，讓徹底性成為快感的流產，落得一身無奈的臉相，而把世人的同情與理解當做最為成功的收穫！

2015 年秋

東亞文化的牆
——在日本早稻田大學的演講（一）

同學們、老師們、同仁朋友們：

我們大家聚集在早稻田大學來討論東亞文化圈這個問題，如同來共同回答一道沒有確定答案的謎題。中國有兩句古詩曾經說：「橫看成嶺側成峰，遠近高低各不同。」大意說的就是我們今天討論的謎題之現狀：從一個角度看，好似東亞文化圈無論怎樣艱辛，但終於還是建成或基本成形。但換一個角度，從另一個方面去觀察、去思考，我們會發現這個文化圈不僅沒有形成，而且在東亞諸國的文化之間，還豎立着很多高大、粗礪、堅固的隔牆。這些隔牆醜陋而又張牙舞爪，隨時都會伸出它鋒利的魔爪來，襲擊那些想要真正建立這種和平、和諧、充滿人類生存溫馨的文化場，以鞏固、直立它那本已高大、有力的文化的隔牆。

對於東亞文化牆的高大、粗礪與醜陋，我談談自己的看法：

淺文化與深文化

　　今天我們所談的成形或已經形成的東亞文化圈，不是真正深層的文化圈，而是淺顯、表象的一個文化圈。不能否認，以文學為例，村上春樹先生的每部小說，都會在世界各地，尤其東亞諸國引起閱讀的巨大漣漪；宮崎駿的動漫，在東亞和其他各國，影響着一代又一代的孩童和青少年。南韓的電視劇，被中國家庭的喜愛，一年一年，一部一部，已經成為中國家庭必不可少的晚餐或晚宴。而中國的網絡小說，比如「穿越」、「盜墓」、「玄幻」等類型文學，在南韓、越南也備受追捧，讓不少讀者，翹首以待，翻譯不及。凡此種種，都在表明着東亞文化的開放、流行和被接受，達到了一個此前少見的繁榮和熱鬧。但是，如果我們據此就認定一個東亞文化圈已經形成，也未免有些過分的簡單和樂觀。真正的文化圈的建立，一定是一種更深層文化的確認和共有，是那種深層思想、藝術、文學在無礙交流中的討論和分享。而今天，無論是電影、電視、動漫或如千野拓政先生稱其為的包括村上文學在內的「青春閱讀」或曰「輕文學」，在東亞的風行和風靡，都還畢竟是一個淺層的、表面的，更具市場意義而非深層思想與文化意義的。這些風行、風靡的淺層文化現象，從某種意義上說，他會在某個時期影響一代人的生活和趣味，但從根

本上，不會影響和改變那兒人們的思維和思想。沒有深層文化的影響和變化，去談論文化圈的成立和建立，都如看到了一朵花，就認定那兒一定有一座花園或苗圃，看見了一片葉，就以為那兒一定有大樹或森林。

深層文化——以文學而論，就中日之間，當然是上世紀的三十年代和八九十年代，這是中日文學深層交流的兩段最好的時期。日本文化在這時，對中國作家的影響，可說到了改變或可能改變思維的境地。回到上世紀的九十年代前後，芥川龍之介，川端康成，三島由紀夫，安部公房，夏目漱石，山田花袋，橫光利一以及再後來的大江健三郎和詩人谷川俊太郎等等。他們的作品，都在相當程度上不僅影響着中國讀者，也在影響着中國作家的思維和寫作，如果說深層的文化與文學，相比之下，那時則是高山相與大海，而今，大約也只是溪水與一片綠地吧。

那時的風行與風靡，是因為文化與思想的需要。而今天的風靡與流行，則更多是市場和商業文化的需要與渴求。

東亞文化的牆

我們應當承認，今天淺文化、輕文學在東亞諸國之間的風行，也是一種來之不易的「文化場」和「文化圈」，只不過它的「淺」與「輕」，表明着文化圈的輕淺與初始。

毫無疑問，這也是一種開始，一種建立，一種從輕淺走向深廣的開端。今天，我們所處的世界是一個商業的世界；所處的時代，是一個金錢的時代。當物欲在世界各地開始走向皇椅的座位時，東亞文化借助市場的力量，首先是從消費、娛樂開始，建立起輕淺而有利可圖的東亞文化大平台，這不僅是合理的，也是必然的。而且，這個文化的商業大平台，也正可以為建立真正、深層的東亞文化場和文化圈，搭建一個跳板和橋樑，使東亞的深層文化圈和文化場，有着新的過度和開端。但是，當我們懷着這椿美願，冀圖從商業的東亞文化平台渡向深層的思想、藝術的文化平台時，時間卻在這兒停滯下來了，十年、二十年，商業文化的販賣與發展，依然是只見商業的鮮花朵朵，而不見深層的思想、藝術文化平台上有林有木，有種子有土壤。簡單、物利的東亞文化商業，一直都在阻礙深層的東亞文化平台的建立。在這深層的文化平台和文化圈的發展中，一直豎立着一堵堵高大的隔牆，使那深層文化的建立，變得頗為渺茫而遙遠。而這深層文化平台前橫恆着的高大的隔牆，不僅阻攔着深層文化的建立，也阻斷着我們建立的視野和未來。

這隔牆之一是，國家和權力對真正東亞文化平台建立的阻斷。文化、文學、藝術在許多時候的脆弱，都如同玻璃器皿的藝術品，而那些手握重權的政治家，在很多時

候，都如村上先生說的是喝醉酒的莽漢。當醉莽之漢和玻璃器皿待在一起時，玻璃器皿的命運，大抵已經註定了碎裂的悲劇。深層的東亞文化圈或東亞文化平台的建立，可以不依賴政治家的恩典，但卻無法逃避政治和權力的光顧，這就是深層文化圈和文化平台的第一堵高牆。不逾越這堵高牆，不等待一個長久的諸國間溫和相處的和平時期，深層文化圈的建立，無疑是一種望梅止渴，是看到一絲雲霧，就想到一場甘雨到來的幻想。

隔牆之二，是東亞諸國間日益盛起的民族主義心理，正在成為新的文化高牆，正在越來越嚴重地阻斷着文化圈和文化平台的建立。去年九月中日因島嶼之爭，在中國引起的多個城市混亂遊行和悲劇的打砸與流血，就是一個可怕、可悲的例證。文化是一種最深層的理性和平靜，它不可能建立在混亂、激烈的民族主義情緒噴發的火山口上，或火山口的邊緣和四周。而種種原因，民族主義，又都將會因國土和政治家的矛盾而長遠存在，因此，影響東亞深層文化平台建立的這堵難以推到的心理高牆，也將會在很長時間，觸立在我們的眼前和身邊。

第三，東亞文化市場在幫助深層東亞文化平台的建立，也在吞噬着這個這個文化平台和文化圈帶來的收穫和成果。村上先生的文學，就是這方面的例證。事實上，過分的暢銷和在東亞諸國以及世界各地市場上的極大成功，

也正在影響着人們對村上文學更深入的了解和研究。市場和讀者，成就了村上文學的不凡；但市場和讀者的消費，也正在阻隔着村上文學深層意義的到來。必須看到，村上的小說，正在面臨着成為消費品的危險。一如一個明星的衣飾，是一種明星文化，也是他或她無數粉絲的消費品。能夠拯救明星不成為粉絲消費品的是她的文化氣韻；能讓村上文學不再有可能成為消費危險的，是他的寫作和我們深層東亞文化平台和文化圈的建立。然而，市場和商業，最終的目的還是利益。當東亞文化圈開始是建立在市場的基礎之上時，其被市場吞噬的危險也就深埋其中了。在資本和市場的世界裏，文化要擺脫市場，就如船隻要擺脫大海。而果然有一天，船隻離開了大海，我們又去哪兒尋找那新的行船的航道呢？這是困境、悖論，也是我們必須面對的問題。

牆下的我們

終於到了這樣的時候，我們想要在亞洲率先建立東亞文化的深層平台和文化圈時，而阻隔這種建立的各種牆壁，都在我們面前橫互矗立着。面對這諸多的圍牆，而牆下的我們，能做些什麼呢？一是任牆直立，等待上天和歷史恩賜我們某個遙遠的建立和機遇；二是用我們瘦弱的身

軀，朝那牆上一次次的撞擊。撞出一道豁口，又一道豁口，直到最終有了一條能讓我們走過去的建立的通道。知識分子的價值，不光是他有永遠理性、懷疑的思考和目光，也還有那種如蘇格拉底樣，寧可死去也要堅守真理的勇氣。我們相信玻璃器皿相遇醉漢的命運。醉漢能使它碎裂和身亡；使它碎裂後一錢不值，被視為垃圾而丟棄。但我們也相信，一件件玻璃器皿碎裂後的銳利，也會使醉漢受傷、流血並清醒。使得他們在清醒之後，做出正確的選擇和決定。社會的民族心理是可以改良的土壤。而唯利是圖文化市場，也是可以改造的賣場和建造場。這一切，都取決於我們要有勇於破碎的勇氣和膽略。要敢於說出真話、道出真相來。要有政治家成為醉漢時，冒死讓他去清醒的勇氣和氣節。我們要用碎裂換取一種清醒。用清醒去改良民族主義的極端心理和清理市場經濟對深層文化的捆綁和遮蔽。基於這樣的想法，在我們想要建立東亞深層的文化平台和東亞文化圈兒時，我想需要我們去做的，可能是要首先去把自我錘煉成一件不怕碎裂、也甘於碎裂的玻璃器皿吧。

2015 年秋

超越的局限與可能
——在日本早稻田大學的演講（二）

女士們、先生們、同學們：

今天我們在這兒談論的，是一個普遍存在、又被我們長期忽略的文學話題。即：文學與民族主義之關係。

民族主義是一個巨大、複雜，既有陽光之美，又有深淵之暗的黑夜中的光和壓制光明之黑暗的混合體。它一如旱天之雨，又一如雨天之洪。普遍、理性的民族主義，是一個國家和民族前行的動力，但如果這種理性被政治、權力、階級所操持，那將是一場混亂和災難。而實際的情況是，無論是過去、今天，乃至於未來，我們所說的普遍、理性的民族主義，往往都是一種權力的意志，是被人所操持、左右和利用的民族主義。是一種混亂的根源，災難的源泉，如發光的黑暗的結晶，雖有刺眼的光芒，卻終是一團黑暗而無法抵達的遙遠。

回到文學，民族主義在文學中思想的凝結，以及其情緒、情感乃至真實心靈的文學發散，總是在藝術的名譽

之下，正如一種巫術、一個巫婆，總是以醫學、醫生的名譽，行走在病榻與金錢之間。這種巫術和巫婆，愈是借助儀式的莊嚴，就愈有它的正當性和合理性。而倘若巫術、巫醫中又含有類似中國式中醫和中草藥那種不可明證、又確有療效的證據，那麼巫術、巫醫的遮蔽、掩蓋，威望與威力，就會更大，更有危害性和普遍性。文學中民族主義或帶有民族主義的民粹情感、民粹情緒的文學，在一定的程度上，也正是這種被莊嚴的儀式和有一定療效的中醫所遮蔽的巫術和巫醫。

少年時期，我在鄉村的一個三嬸，她是一個下神治病的高手。我曾多次親眼目睹她在行醫下神之前，可以讓三根躺在瓷盤中的紅筷子，在她喃喃的咒語中，慢慢地直立起來。這一直立，令病人和觀者，震驚和恐懼，從而病人、家人和觀者，就都相信了她的巫術和神行。而今天想來，那三根在喃喃囈語中直立起來的紅筷子，它是一種魔術、藝術和我三嬸行施巫術的必然的儀式。一切的合理性與莊嚴性，都來自於這魔術的藝術性和藝術的魔幻性。用不十分恰切的說法言，關於文學與民族主義之關係，多多少少，也正是巫術與那三根筷子直立而起的藝術之關係。

用藝術去張揚或掩蓋的民族主義、民粹主義，也正是那筷子直立的藝術所證明的巫行的可信性和正當性。這樣

的文學，這樣的作家，自古至今，在中國、日本和世界上各種語言、各個民族的文學中，都不乏其例，甚至都曾大行其道。我想，二戰時期的德國文學、日本文學，以及其他世界上許多國家的文學，都有不少這樣的例證和作品。就是直到今天，全世界的文學——作家和讀者，對文學的民族主義都有了清晰的認知，我在中國的電視、電影和小說與詩歌等藝術形式中，也還依然每天都可以感受到藝術中狹隘的民族主義和民粹情感。而且這樣的文學，在今天或以後的很長時間裏，都可能是當代中國文學的主流、主導和正宗。

誠實而言，文學中民族主義的狹隘性、民粹性，和許多國家的文學傳統一樣，它也是悠久的中國文學傳統的一個部分。中國的南宋時期，民族英雄岳飛的著名詩詞《滿江紅》中的詩句「壯志飢餐胡虜肉，笑談渴飲匈奴血」，是這種傳統最為家喻戶曉的一個例證。中國四大名著中的《三國演義》，打打殺殺，殺殺打打，爭的是江山和土地，張揚的卻是一地一域的「民族主義」。但我們不能因此就否認，在諸多偉大的中國邊塞詩歌和小說中，那種不朽的藝術之傳統。也因此，將你們熟知的《三國演義》和《紅樓夢》放在一起時，我們會說《紅樓夢》是更為偉大的藝術。這個「更」，不在於《紅樓夢》沒有涉及民族主義，而

在於《紅樓夢》在小說藝術中，它與《三國演義》相比較，其對人與生命的愛和尊重，遠甚於《三國演義》、《水滸傳》對人與生命的蔑視和不惜。

也由此，我們想到了亞洲──尤其中國和日本現當代文學中的戰爭文學。

從戰爭文學、軍事文學說開去，無論是現代或是當代亞洲的戰爭文學和軍事文學，從十九世紀到二十世紀，與西方歐美的戰爭文學相比較，似乎我們都相差較遠，落伍甚多。在十九世紀，我們沒有《戰爭與和平》那樣真正偉大的作品。在二十世紀，也沒有《永別了，武器》（*A Farewell to Arms*）、《喪鐘為誰而鳴》、《西線無戰事》（*All Quiet on the Western Front*）（【德】雷馬克）和《第二十二條軍規》（【美】約瑟夫・海勒）、《冠軍早餐》（*Breakfast of Champions*）（【美】馮內果）、《潘達雷昂上尉與勞軍女郎》（*Captain Pantoja and the Special Service*）（【秘魯】略薩）、《鐵皮鼓》（*The Tin Drum*）（【德】格拉斯）等這樣在世界範圍內卓有影響，並被廣泛接受的軍事文學或准軍事文學。甚至在二十世紀後半葉，世界文學的中心，開始向歐美以外發散和擴展時，在亞洲也沒有產生更有影響的軍事文學。在這個世紀的後半葉，我個人偏愛的軍事文學或說戰爭文學《亡軍的將領》（*The General of the Dead Army*），它是阿爾巴尼亞作家卡達萊先生的小說；《惡童

三部曲》(*The Notebook, The Proof, The Third Lie: Three Novels*），則是匈牙利的雅歌達・克里斯朵夫的傑作。就是到了世紀之末問世的在戰爭歷史背景下的抒情小說《我願意為妳朗讀》(*The Reader*)（【德】本哈德・施林克）和《追風箏的人》(*The Kite Runner*)（【美】卡勒德・胡賽尼）這樣的暢銷書，也都還是歐美作家的作品。如果說亞洲或說中、日兩國的戰爭文學與歐美的戰爭文學相比較，從思想到藝術，都還差距甚遠的判斷是成立的話，那麼我們今天討論文學與民族主義這一關係的命題，在這兒就有了更多、更大的空間和鑿證的意義。

眾所周知，文學與民族主義這一關係，最活躍、最凸顯的文學領域，就是戰爭文學。甚或我們可以說，幾乎所有的戰爭文學，都是民族主義最易生根的藝術土壤。反過來，也可以說沒有民族主義和對民族主義的省思在其中，就沒有戰爭文學中人和故事的產生與寫作。民族主義至於軍事文學和戰爭故事言，幾乎就是土壤與樹木、渠道與流水、魂靈與肉體及精神與世俗的不易分和不能分。然而，在這不能分的戰爭文學中，亞洲文學或說中、日文學中的戰爭文學，為什麼在二十世紀，中日兩國人民，都飽受戰爭的苦難，無論我們對戰爭的性質去怎樣的定斷和界論，但在文學面前，人，作為戰爭最苦難的主角，生命作為文學唯一的魂靈時，我們沒有與我們人民的苦難、鮮血與生

命相匹配的偉大的軍事文學。沒有產生在世界上被廣泛接受的偉大的戰爭文學。在中、日的現當代作家中，我們有一大批在世界範圍內並不遜人的偉大作家，如夏目漱石、森歐外，川端康成及魯迅等，但在軍事文學的寫作中，我們不得不說，我們沒有與這些作家的名字一樣響亮的軍事文學。

　　為什麼會這樣？除了諸多作家寫作的局限外，還可能的原因就是，軍事、戰爭文學中繞不開、也避不離的意識形態和民族主義。換言之，面對戰爭與軍事，我們的寫作，無法真正超越意識形態中民族主義這一幽靈的存在，一如巫醫無法繞開巫術的存在樣。在這一認識和判斷上，因為我閱讀的局限，我希望我的這一說判是錯誤的、狹隘的。希望只是因為語言和翻譯的緣由，日本文學在世界文學的軍事文學中，早已有很多超越了意識形態、民族主義的偉大的小說和詩歌，如今天的谷川俊太郎、大江健三郎和村上春樹的詩和小說樣，在世界各國都卓有影響，廣被接受。如果情況果真是這樣，那麼至少，我對中國文學中的戰爭文學和民族主義的理解，也還是基本成立的，有大致判斷的——那就是在整個中國當代文學中，尤其在當代文學中的戰爭文學與藝術，如電影、繪畫、詩歌、小說、戲劇等，之所以在思想與藝術上在世界範圍內，還落人幾籌或多步，其主要原因之一，就是不能從精神的根本上，

對民族主義，乃至於民粹情緒和情感，有着真正深刻的省思和超越，不能對更為廣泛的人和人類，表達那種真正人性的情感、愛和尊嚴。

民族主義在小說的寫作過程中，由於對題材的選擇和佔用，許多時候是可以避開和超越的，但在軍事和戰爭文學中，卻是不能逃避和繞行的。中國當代文學——尤其是當下的軍事文學、電影、電視和其他藝術的落伍與滯後，皆源於在精神意識的根本上，民族主義思想的作祟和固有。無論這種民族主義來自於文化傳統、意識形態、國家思想或作家的個人氣質，它都是文學前行和上升路道上的思想橫梗。不面對，不超越，就難有更為恆遠、偉大的文學。從實而言，中、日作家在面對當下寫作或當下寫作中的軍事、戰爭文學時，由於國情相異，作家的生存環境、意識處境和作家個人對此的精神、立場的不同，我想中國作家在面對此一議題時，其突破、創造、超越的難度，會比日本作家大許多、也難許多。也因此，在省思和超越民族主義這一文學所必須面對精神境遇時，我更希望日本作家和日本文學，能先行一步，尤其是在當代文學的創作中，日本文學和作家，更可以領帶亞洲文學，在世界文學中儘早地獲得我們應有的文學地位，為中國文學和整個的亞洲文學，衝破局限，創造出更具有開拓性和超越意義的偉大的世界文學。

因而在此，我也衷心的祝願和企盼，日本作家和當代的日本文學，能儘早創造出超越民族主義的更為偉大、深邃的作品來！

謝謝大家！

2015 年秋

因為卑微，所以寫作
——在香港「紅樓夢文學獎」授獎演講辭

女士們、先生們、同學們及尊敬的評委：

在這個莊重的場合、莊重的授獎活動中，請允許我首先說一個真實的故事：不久之前，我在香港的科技大學以教書的名譽，有了一段海邊的天堂生活。五月的一天，夜裏熟睡至早上五點多鐘，正在美夢中沉浸安閒時，床頭的手機響了。這一響，我愈是不接，它愈是響得連續而急湊。最後熬持不過，只好厭煩地起身，拿起手機一看，是我姐姐從內地——我的河南老家打來的。問有什麼事情？姐姐說，母親昨天夜裏做了一個夢，夢見你因為寫作犯了很大的錯誤，受了嚴重處分後，你害怕蹲監，就跪在地上求人磕頭，結果額門上磕得鮮血淋漓，差一點昏死過去。所以，母親一定讓姐姐天不亮就給我打個電話，問一個究竟明白。

最後，姐姐在電話上問我，你沒事情吧？

我說沒事，很好呀。

姐姐說，真的沒事？

我說，真的沒事，哪兒都好。

末了，姐姐掛了電話。而我，從這一刻起，想起了作家、文學和寫作的卑微。——從此，「卑微」這兩個字，就刀刻在了我腦絡的深皺間，一天一天，分分秒秒，只要想到文學，它就浮現出來，不僅不肯消失，而且是愈發的鮮明和尖銳，一如釘在磚牆上的鐵釘，紅磚已經腐爛，鏽釘卻還鮮明的突出在那面磚牆上。直到七月中旬，我因訪從美國回到北京，時差每天都如腦子裏倒轉的風輪，接着，又得到《日熄》獲得「紅樓夢文學獎」的消息，於是，就在不息的失眠中，不息地追問一個問題：曹雪芹為什麼要用畢生的精力，竭盡自己的靈魂之墨，來寫這部曠世奇書《紅樓夢》？真的是如他所說，是因為「一技無成，半生潦倒」，才要「編述一集，悅世之目、破人之愁」嗎？如果是，在他這種「悅世之目、破人之愁」的寫作態度中，就不僅絲毫沒有文學的卑微，而且，還有着足夠的信心，去相信文學的尊嚴和它的堅硬與崇高。

可是，今天的作家，除了我們任何人的天賦才情，都無法與曹雪芹相提並論外，誰還有對文學的力量、尊嚴懷着堅硬的信任？誰還敢、還能說自己的寫作，是為了「悅世之目、破人之愁」？當文學面對現實，作家面對權力和人性極度的複雜時，有幾人能不感到文學與作家的虛無與

卑微？作家與文學，在今天的中國，真是低到了塵埃裏去，可還又覺得高了出來，絆了社會和別人前行的腳步。

今天，我們在這兒談論某一種文學，談論這種文學的可能，換一個場域，會被更多的人視為是蟻蟲崇拜飛蛾所向望的光；是《動物農莊》裏的牲靈們，對未來的憂傷和憧憬。而且，今天文學的理想、夢想、崇高及對人的認識──愛、自由、價值、情感、人性和靈魂的追求等，在現實中是和所有的金錢、利益、國家、主義、權力混為一潭、不能分開的。也不允許分開的。這樣，就有一種作家與文學，在今天現實中的存在，顯得特別的不合時宜，如野草與城市的中央公園，荊棘與都市的肺部森林，卑微到荒野與遠郊，人們也還覺得它佔有了現實或大地的位置。當下，中國的文學──無論是真的能夠走出去，作為世界文學的組成，還是雷聲之下，大地乾薄，僅僅只能是作為亞洲文學的一個部分，文學中的不少作家，都在這種部分和組成中，無力而卑微地寫作，如同盛世中那些「打醬油的人」，走在盛大集會的邊道上。於國家，它只是巨大花園中的幾株野草；於藝術，也只是個人的一種生存與呼吸。確實而言，我們不知道中國的現實，還需要不需要我們所謂的文學，不知道文學創造在現實中還有多少意義，如同一個人活着，總是必須面對某種有力而必然的死亡。存在、無意義，出版的失敗和寫作的惘然，加之龐大的市

場與媒體的操弄及權令、權規的限制，這就構成了一個作家在現實中寫作的巨大的卑微。然而，因為卑微，卻還要寫作；因為卑微，才還要寫作；因為卑微，卻只能寫作。於是，又形成了一個被人們忽略、忽視的循環悖論：作家因為卑微而寫作，因為寫作而卑微；愈寫作，愈卑微；愈卑微，愈寫作。這就如唐吉訶德面對西班牙大地上的風車樣，似乎風車是為唐吉訶德而生，唐吉訶德是為風車而來。可是意義呢？這種風車與唐吉訶德共生共存的意義在哪兒？！

難道，真的是無意義就是意義嗎？

記得十餘年前在長篇小說《丁莊夢》和《風雅頌》的寫作之初，面對現實與世界，我是經過自覺並自我而嚴格的一審再審，一查再查，可今天回頭來看這些作品的寫作與出版，到底還有多少藝術的蘊含呢？

《四書》、《炸裂志》、《日熄》，這一系列的寫作與出版，閱讀與批評，爭論與禁止，其實正構成了作家與現實如唐吉訶德與風車樣無休止的對峙、妥協；再對峙、再妥協；再妥協，再對峙的寫作關係。可到事情的尾末，不是風車戰勝了唐吉訶德，而是唐吉訶德戰勝不了自己的生命。戰勝不了藝術與時間的殘酷。是作家自己，懷疑自己文學中藝術量存在的多寡與強弱。事情正是如此，風，可以無休止地吹；風車，可以無盡止地轉，而唐吉訶德，終

於在時間中耗盡了生命的氣力，交給了風車和土地。生命在時間面前，就像落葉在秋風和寒冬之中；而藝術，在時間和大地面前，就像一個人面對墳墓的美麗。如此，在這兒，在世界各地，我總是面對某種文學的藝術，默默含笑，誠實而敦厚地説：現在，中國好得多了。真的好得多了。若為三十多年前，你為文學、為藝術，寫了「不該寫」的東西，可能會蹲監、殺頭，妻離子散，家破人亡。而今天，我不是還很好的站在這兒嗎？不是還可以領獎、遊覽和與你們一塊説笑、吃飯並談論文學與藝術嗎？

請不要説我這是一種阿Q精神，甚至也不要説是唐吉訶德的收穫。我清晰的明白，這是一種寫作對一種卑微的認識，對卑微的認同。更重要的，是我和我的文學，對卑微的認領——自我而主動的認領！希望通過自我、自覺的認領，可以對卑微有些微的拯救，並希望通過被拯救的卑微，來拯救自己的寫作；支撐自己的寫作。在這兒，卑微不僅是一種存在和力量，還是一種作家與文學存在的本身。因為卑微而寫作，為着卑微而寫作；愈寫作愈卑微，愈卑微愈寫作。事情就是這樣——文學為卑微而存在，卑微為文學的藝術而等待。而我，是卑微主動而自覺的認領者。卑微，今後將是我文學的一切，也是我生活的一切。關於我和我所有的文學，都將緣於卑微而生，緣於卑微而在。沒有卑微，就沒有我們（我）的文學。沒有卑微，就

沒有那個叫閻連科的人。卑微在他，不僅是一種生命，還是一種文學的永恆；是他人生中生命、文學與藝術的一切。

在《一千零一夜》中那則著名的「神馬」的故事裏，神馬本來是一架非常普通的木制馬匹，可在那人造木馬的耳後，有一顆小小的木釘，只要將那顆木釘輕輕按下，那木馬就會飛向天空，飛到遠方；飛到任何的地方。現在，我想我的卑微，就是那顆小小的木釘；我的文學，可能就是能夠帶我飛向天空和任何一個地方的木馬。當我沒有卑微的存在，當我的卑微也一併被人剝奪，那麼，那個木馬就真的死了，真的哪也不能去了。所以，我常常感謝卑微。感謝卑微的存在；感謝卑微使我不斷地寫作。並感謝因為寫作，而更加養大的那個作家內心那巨大的卑微。這個卑微，在這兒超越了生活、寫作、出版、閱讀，尤其遠遠超過了我們說的現實與世界、權令和權規的限制及作家的生存，而成為一個人生命的本身；成為一個作家與寫作的本身。它與生俱來，也必將與我終生同在。也因此，它使我從那飛翔的神馬，想到了神馬可至的另外一個遙遠國度的宮殿。

有一天，皇帝帶着一位詩人（作家）去參觀那座迷宮般的宮殿。面對那結構複雜、巍峨壯觀的宮殿，詩人沉吟片刻，吟出了一首短詩。在這首短極的詩裏，包含了宮殿的全部結構、建築、擺設和一切的花草樹木。於是，皇帝

大喝一聲：「詩人，你搶走了我的宮殿！」又於是，劊子手手起刀落，結果了這個詩人的性命。就在這則《皇宮的寓言》裏，詩人或作家的生命消失了。可是，這是一則悲劇嗎？不是。絕然不是！這是一齣悲壯的頌歌。歌頌了詩人的才華、詩人的力量和詩人如同宮殿般壯美的天賦。而我們呢？不要說一首短詩，就是一首長詩，一部長篇，一部浩瀚的巨制，又怎能包含整個宮殿或現實世界中哪怕部分的瓦礫和花草呢？

我們的死，不死與一首詩包含了全部的宮殿，而死於一百首詩，都不包含宮殿的片瓦寸草。一百部長篇也難有多少現實的豐富、扭曲、複雜和前所未有的深刻與荒誕。這就是我們的卑微。是卑微的結果，是卑微的所獲。所以，我們為卑微而活着，因為卑微而寫作，也必將因為卑微而死亡。而今，「紅樓夢文學獎」授於《日熄》這部小說，我想，也正緣於評委們看到了一個或一代、幾代卑微的作家與寫作的存在，看到了作家們卑微的掙扎和卑微因為卑微而可能的縮命般的死亡。因此，尊敬的評委們，也才要把「紅樓夢文學獎」授於用卑微之筆寫就的《日熄》，授於認領了卑微的我，要給卑微以安撫，給卑微以力量，以求卑微可以以生命的名譽，生存下來，使其既能立行於宮殿，又能自由含笑地走出宮殿的大門；讓詩人既可在宮殿之內，也可在宮殿之外；可在邊界之內，也可在邊界之

外；從而使他（她）的寫作，盡可能地超越現實，超越國度，超越所有的界限，回歸到人與文學的生命、人性和靈魂之根本，使詩人及他的卑微可以繼續的活着並吟唱；使作家相信，卑微既是一種生存、生命和實在，可也還是一種理想、力量和藝術的永遠；是藝術永久的未來。是藝術之所以為藝術的偉大與永恆。使作家相信卑微的生命和力量，甘願卑微，承受卑微，持久乃至永遠地因為卑微而寫作，為着卑微而寫作。

2016 年 9 月 22 日

寫作的風險
—— 在德國文學節的演講

這次在德國，不斷有人問我在中國作家寫作有沒有風險。我知道你們為什麼問我這個。那麼在今天，我們就不回避這個問題，來試着談論一下這些。

要坦蕩的承認，在中國寫作是有風險的。談到寫作的風險，無疑問，你們首先想到的是政治風險。那麼，也不回避這個問題，我們就試着首先從政治這個層面，來談論中國作家在中國寫作的平安與風險。

政治：中國作家最大的臨危區

有一種說法，叫「安全大於風險」。這是今天中國作家在現實寫作中的一個事實。一種真實的存在。中國在「文革」期間，有無數的知識分子和小說家入獄、疾病和死亡，單是那時期自殺的著名作家就有百餘人。加之各種文化人和藝術家自殺，那將是一個讓人不寒而慄的數字和名單。但今天，這種因政治迫害而自殺的作家幾乎沒有了。

然而，八九年的天安門事件，迫使許多知識分子和作家流亡海外，漂泊天涯，這也是不爭的事實。我們就此而言，這樣的悲劇在今天時有發生，但相比幾十年前中國作家進監、死亡的普遍性，這種景況確實發生令人欣慰的變化。誠實說，與作家而言，危險在減少，安全在增大。這種所謂「安全」的到來，一是因為中國的改革開放；二是今天中國作家都知安全來之不易，學會了「避險除危」。採取遠離尖銳現實而「避重就輕」的寫作態度，比如回避權力給人的生存造成的巨大困境，而着眼人在現實中的吃喝拉撒的家常細碎。以「日常」替代「重大」，以物質的細枝末節，取代精神以「回避」、「逃離」現實矛盾而「純文學」，加之大批諂媚、配合的作家之寫作，這就迎來了一個作家「安全大於風險」的時代。

但這個所謂的安全，在這兒給我們留下了幾個疑問：

1.　誰的寫作是安全的？

2.　他是以什麼方式安全的？

3.　「安全」的寫作是藝術的，那麼「探險」的寫作屬藝術範疇嗎？

4.　寫作中回避政治和超越政治的差別在哪兒？混淆在哪兒？

5.　在複雜、怪誕的中國現實面前，作家的肩頭上是開出一朵鮮花好，還是有着一條扁擔好？

凡此種種，對於一個小說家，可以完全不去想它，只沿着自己對文學的認知，去寫出自己認為好的小說來。即所謂的「只低頭拉車，不抬頭看路」。這也足矣！足以讓讀者尊重和欽敬。但是，如果所有的作家都不去思考這一些，那便是文學和所有的作家都有了癡愚症，正中了權力之下懷。是今天無處不在的政治、權力最希望看到、樂以待見的對知識分子和作家的培育之碩果。而知識分子之所以還是知識分子，也正是他對社會、現實那種永存的懷疑精神；而文學、作家，之所以還有可敬 —— 不僅僅是可讀和可賞，也在於他對人與現實的描繪和懷疑；他對現實中的人生困境和人的精神窘境有着獨到、深刻的體悟和描摹。作家的筆，不會放棄人的生存困境和精神、情感之窘境，這是作家與其他行業相比的最大差別與不同。舍此，文學可能就沒有了在現代社會中留存之必要。而人的生存困境和精神、情感之窘境，在中國，其主要根源，不僅是物利原因的，更重要的還來是現實對人的精神擠壓和扭曲。而人權和人的尊嚴，在現實面前猶如餓虎的口下之肉。極度的腐敗和造成極度腐敗的制度因果，像鎖鏈樣鎖死着人們對公正、公平的美好嚮往。這一切，是涉及政治的，可也是中國人人生存的困境和精神現實之窘境。文學不會像政論那樣去辨析這一切。但文學一定會從「人」的層面去探求這一點。於是，你的文學就「政治」了。就不

受歡迎了，就有各種各樣的風險了。風險就在現實層面裏現出各種各樣的結果了。

比如監獄。

比如被移民。

當然，我們從文學角度講，無論某些「寫作者」為人如何，是可以不把這些人視為詩人或作家，而視為「持不同政見者」，但你不能不把他們當做中國的知識分子吧。他們寫得好不好，文學價值有多大，或說他們的政治主張你贊同不贊同，關心不關心，這些不重要。重要的是，「因言獲罪」的文字獄到底存在不存在；作家寫作的政治風險到底存在不存在。不存在為什麼「六四」學生運動會有那麼多的作家、詩人、知識分子去流亡？會有幾年前劉曉波等人的悲劇在發生？它事實存在了，就說明寫作的政治風險是存在的，說明作家的寫作存有一個政治臨危區。這個臨危區佈滿雷陣，不慎踏入，就有生存與自由的危險，而躲開這個臨危區，就「平安大於風險」了。

文學是否一定要作家人人都踏入這個雷區是一回事，承認不承認這個雷區存在是另外一件事。在中國的現實中寫作，作家沒有能力、智慧和藝術勇氣接近這個政治險區時，作家不能不承認這個險區的存在和對作家寫作構成的心理影響吧。

不能做一個去實踐的人，就努力做一個承認實踐的人；不敢站在真相的一邊上，至少不要站在謊言的講台上；不敢講，不願寫，那至少應該在心裏想一想。對於許多真相的存在，作家可以沉默，但一定不能否認。作品完全可以疏離、超越這一些，但作為作家的「人」，不應該超然逃離着一些。這不僅是一個作家的良知問題，而且是作為人的作家的真誠和倫理。當作家失去了真誠的倫理，那麼他的文學可能就是一堆文字的謊言了。

封禁：從創造走向平庸的危險

封禁，是一種政治惡跡，也是一種文學的手段。

談論封禁，可以首先把中國作家寫作大體分為三種狀態：輕寫作、重寫作和遊走在中間地段的寫作，也可説為「中寫作」。輕寫作，是指那種完全不涉及中國複雜的現實，而在文字的安全區域遊刃有餘的寫作存在。如大批作家筆下的風花雪月、青春成長、網絡穿越、市場賣相，如此等等，不承擔人的精神苦痛和社會現實苦痛的寫作，大體都可以稱為輕寫作。這種寫作在中國不僅讀者眾多，作家隊伍龐大，而且呈現着活力四射的景況：即讀者的年輕化和作家的年輕化狀態。然而，這種年輕、青春，並不意味着就是文學的未來，而是因為對人的存在和現實困境之

沉重的逃避，形成了一個時代的人群：作家群和讀者群。加之政府、權力對「不預思考和探求」者的文學鼓勵，就使得這種輕寫作生逢其時，呈澎湃之狀，如同喧囂中泡沫的堆積和繁華，待水落石出之後，某一天社會動盪和變改的到來，人，在這種動盪和變改中，發生了精神的根本變化，這種輕寫作的昌盛繁榮，便會轟然崩塌，沒有意義，只留下文學的痕跡在無人問津的文學史中存字與留墨。而今天，也許還有較長的未來，輕寫作都會日日登場，潮起潮落，你未唱罷我登場，花落花謝各有香。

與輕寫作相對應的是作家少、讀者少的重寫作。所謂重寫作，我是指那些有操持、堅守、理願和承擔的寫作。他們關心中國歷史，關注人在現實中扭曲的存在。懷疑主義、批判主義、個性主義和獨立的人格自由，是這種重寫作的主要特徵。因為其寫作，站在了現實的內部，那種來之文學的真實，被社會、權力所不容，因此也就在寫作中成為個案、少數和被孤立。然而，因為這種寫作的存在，也才使文學有了另外的深刻和豐富。

中寫作。即遊走在輕、重間的寫作。這是一種在中國作家隊伍中既有傳統、又為正典，讀者、批評家、文學史和體制都為之包容、許可的寫作。因此，也是有抱負的中國作家有意無意的選擇。這種寫作，從題材上有時靠近重寫作的選材，在方法上則最大的個人化與藝術化；有時從

選材之開始，就偏攏於輕寫作的某種故事，比如靈魂上不疼不癢、情感上卻催人淚下的愛情故事；比如心靈中如一碗清水，而道德上卻七扭八曲的家族、血脈之倫理，還比如故事中的國族大義，愛國情懷，忠君不二，家仇國恨等貌似重寫作的某種思考，實則為輕寫作的巧思表達等。都是寫作在輕、重間的選擇和自覺，乃至投機與取巧，從而以輕寫之手，獲重寫之果，達到讀者、論家、權力、史說等諸方都滿意好評的結果，成為中國文學最大之贏家。

　　然而，在這輕重之間遊走與選擇的中國作家，有兩種寫作卻是非常值得尊重的，一是懷着忐忑的內心，在糾結矛盾中總是試圖嘗試着關注中國的歷史、現實和歷史與現實中人的困境之寫作；二是傾其才華，都渴望在小說藝術之本身上，獲得探求超越的寫作。他們從表面看，似乎也是在輕重間遊走與選擇，但都從文學之本身，表達着作家與筆墨在中國現實中對人的關愛與尊重，表達着對世界深層的懷疑與批判，同時也部分的承受着現實其本身對其作品的沉默和容忍式的懷疑。這樣一種寫作，如果不能直接稱其為一種重寫作，但卻也承接着某種重寫作的承擔和藝術，也正是中國文學在世界上今天越來越被人關注的起點和開始，是中國文學在藝術上獲得作家最大個人才華實踐的標本和經驗，甚至在一些作家和作品中，將是中國文學的未來和時間長河中文學的航標。

回到封禁這一話題上。封禁是一種不見殺手的文學滅絕。它滅絕的不僅是文學，而且還是作家的才華和堅持；而因封禁絕除的，則是作家的人格和創造。而文學上封禁的對象，是哪些操守重寫作的作家和在輕重之間，自覺選擇接近重寫作的一些作家們，而非那種輕寫作和在輕重之間接近或有意無意滑向輕的一邊的作家們。

　　封禁在中國作家中有兩種方法，一是對其作品進行封禁和批判，但不限制你人的生活、活動和基本日常之言論；二是由作而人，不僅限制你作品的寫作、發表和出版，而且也對其作家本人的言論進行限制和監督。前者的方法，多用於不規順的文學家；後者多用以持不同政見──非藝術觀念的作家們。而對藝術觀念不同的作家採取封禁方法，也是視情而定，循序漸進的。比如對一個一貫善良溫和、藝術上又可圈可點的好作家，偶爾不慎寫出了一部「壞」作品，那也就是禁書而已，一般不會九族株連，血統四方，如對賈平凹的《廢都》，莫言的《豐乳肥臀》、王躍文的《國畫》，李佩甫的《羊的門》等，採取的就是禁書不禁人，以達到殺雞儆猴之效果，警示作家本人，也警示別的作家。待時過境遷之後，以為這個作家在後來的寫作上表現「良好」或「尚可」，行動與言論上，都在改變和「配合」，那就預以解禁，重新出版，使你成為「可信賴的人」。反之，禁而不改，依然故我，那就發展至

為不僅禁書，而且「禁人」——凡是你寫的作品，舊作或新作，「好」與「壞」，有無「問題」，都因作者是你，而在發表或出版過程中，審慎「關愛」，隻字不漏地通過出版部門和其上級機構的審查、再審查。出版之後，媒體對你和作品的介紹與推介，也都要受到有關部門的「引導」和「指導」，可以宣傳或不予宣傳，可以給獎或不預評獎，從而達到沒有兇手的殺戮，沒有槍械的斃亡，使一部作品的生與死，都在可以掌控的股掌間。

總而言之，封禁的步驟是，始於作品，警示作家，觀其效果，視情深入。好則對作家寬容包容，如被禁被封作家屢教不改，依然堅持自己的藝術觀和世界觀，那就由作而人，使你失去出版的可能和言論的可能，成為在中國現實中的一位「被孤立」的人。同行、社會、媒體，視你為「異類」、「邪端」、「禍根」，敬而遠之，親而疏之，最終達到使你改變或沉默的目的。而在這個過程中，作家和封禁、封殺鬥爭的不僅是勇氣，更重要的是歲月和才華。權力以為權力是永恆的，而作家的寫作生命則必然是有限的。所以，作家的堅持和更大的創造之才華，成為了戰勝封禁、封殺的唯一武器。仍然以賈平凹先生為例，他不僅是中國的著名作家，而且是最有才華的作家之一。1993年《廢都》被禁之後，他的寫作還在繼續，長篇小說《白夜》、《土門》、《懷念狼》、《高老莊》、《病相報告》等，作

品不斷，但其小說的氣韻和創造性，卻是無法與《廢都》同言而論，直到 2005 年的《秦腔》和之後的《古爐》的出現，作家寫作的元氣才和《廢都》接續上來，再次顯出一個作家在堅持中的創造和才華，而從 1993 年到 2005 年，在這十幾年，無論是年齡、閱歷和創造的激情，都是他創作的最好時期，可卻在這最好的時期裏，作家並沒有寫出他人生中的最佳作品，這根源自然與《廢都》的封禁有關。而好在，到了《秦腔》和《古爐》，他堅持的才華，重又豐沛的回到了他的創作中，使得他仍然是中國最具創造性的作家之一。河南作家李佩浦的《羊的門》，就對中國封建權力、專制的描繪、批判言，可謂是一部現實主義的佳作佳制，然在被禁之後，作家一蹶不振，後來在寫作中失去的不僅是一種批判的精神，更是一種創造的才華。

而封禁的目的，也正是讓作家失去堅持和創造，變得平庸和順依。

因為平庸而順依，因為順依而平庸。當平庸和順依結合在一起，它們就相輔相成，成為封禁的戰利品，權力的附擁物。成了沒有劊子手的文化祭品了；成了作家危險中的危險了。

藝術生命：重寫作最高的警惕

當我們把作品分為重寫作和輕寫作時，其實正是要把山羊和綿羊分開的一種類分和做法。

文學與政治的不同是，政治首先需要的是你鮮明的立場，甚至是愈鮮明，愈領袖；愈領袖，愈成功。而文學，恰恰是某種「曖昧」、「模糊」才更具文學之價值。一如到今天，都無法判明格里高爾為什麼能變成甲蟲樣。在很多情況下，「曖昧」是文學的魅力和生命。作家的文學態度愈模糊，愈猶豫和矛盾，文學才愈發豐富和複雜。所以，重寫作中最忌諱的是簡單和清晰，最常犯的錯誤也是簡單和清晰。

《一九八四》成於簡單與清晰，也敗於簡單與清晰，它是今天所有傾情於重寫作的作家經驗的庫藏，同時也是教訓之鏡子。

基於重寫作的「重」，往往太過立足於社會所處時代的尖銳和複雜，使作家在故事中羈留於社會現實的泥潭，不能自拔，不能辨析，不能從歷史的長河中透視所處時代的人的困境，而疏於對現實中人的理解與愛，從而在這種寫作中，便就再一、再二地重覆着如下藝術的誤區和錯誤：

一是時代大過人的存在。寫作中深知人是文學之根本，但由於作家被時代尖銳的矛盾所左右，一部小說往往趨向成為社會問題的文學展覽廳；二是用現實的複雜性，替代人性的複雜與深刻。而中國，也還正處於這樣一個時期：社會矛盾尖銳複雜，現實生活荒誕不經。這種複雜與荒誕，讓作家們的文學思緒，剪不斷、理還亂。生活中的故事，遠大於、雜於、奇於作家對生活的想像和認知。甚至可以説，不是作家沒有能力把握時代的複雜性，而是時代的複雜拒絕作家去想像。這樣，當一個不回避現實矛盾的作家甘願為重寫作負出一切時，時代和時代的矛盾便成了作家的第一認知，成了作家虛構和想像難於超越的現實。於是，在這些作家（當然包括我）的筆下，時代在故事中遮蔽了人物。情節的複雜蓋過了人的複雜性。其作品也許會在作家所處的時代，一時熱鬧，反響滾滾，似乎是大作和傑作，然在時過境遷之後，社會矛盾得到了解決或轉移，或者沒有解決和轉移，而成為了歷史河道的淤泥之沉物，那麼，那些不關心這個時代的讀者，還會關心這樣的文學嗎？

這才是重寫作作家寫作中最大的風險。

以中國的文學境遇論，對於作家言，這是比政治蹲監和禁封流放更大的藝術風險區；是比權力、政治來得更為可怕的自殺。在中國閱讀的文學長河中，以蘇俄文學言，

用寫作面對他殺——二十世紀索贊尼辛的寫作，會讓我們永遠地對作家敬仰和尊崇，但作家藝術上的自殺，那則只能讓人無言和忘記。而十九世紀的俄羅斯，托爾斯泰和屠格涅夫，這兩位偉大的作家，在他們所處的時代，是兩柱同樣高大的巨臂方尖碑，他們的作品是掛在全世界讀者嘴上的兩串響亮的明珠，連杜斯妥也夫斯基在他們面前都自我感到渺小和無奈。而隨着時間的推移，到了今天，托爾斯泰這串明珠還依然在讀者的嘴上和心裏發光和碰響，而屬於屠格涅夫的那一串，似乎在不知不覺間，暗然了，式微了。與此同時，杜斯妥也夫斯基和他的作品，卻在取代着屠格涅夫的響亮和光輝，甚至在很多中國讀者和論家那兒，他偉大的光輝，是要超過托爾斯泰的。

為什麼會這樣？因為屠格涅夫在作品中更為關心的那個時代，已經離我們漸行漸遠。而托爾斯泰在他所處時代中更為傾注情感的那些人物、人性、人的命運和愛的心靈，卻始終與我們同行，被我們關注和牽掛。回到杜斯妥也夫斯基的作品中，他因為當年寫作時，沒有像屠格涅夫和托爾斯泰那樣關注他所處的大時代，所以他在當年沒有二位泰斗那麼熱鬧、喧囂和繁華，但因為他對作品中的人、人性、靈魂的愛和熾熱到無法你我的情感與關切（甚至那種無處不在的心理辯思讓人煩），但他的作品，在後來

中國的閱讀和認同的長河裏，卻日漸居上和輝煌，讓讀者和論家喜愛和討論。

我總是以這個三個俄羅斯的作家為例子，來說明某種重寫作的時代與藝術的對立性和風險性。應該回到中國作家那兒去，當年紅到發紫的茅盾和他的《子夜》，巴金和他的《家》，其命運也多少似如屠格涅夫的《父與子》(*Fathers and Sons*)。曾經在歷史的昨天，是那樣的光明和輝煌，而到了現實的今天，這兩位中國人最家喻戶曉的作家和作品，卻也似乎有些日暮西山，令人憂愁那些作品黃昏的到來。而於之對應的，是沈從文和張愛玲，他們的早晨從黃昏開始，日升從夕照開始，越發顯出被讀者無盡的喜愛和綿延旺茂的藝術生命來。

這種現象，就給我們提出了如下矛盾糾結的問題：

1. 一個作家的寫作應該關注他所處的時代嗎？如果關注應該怎樣去關注？

2. 是重寫作更有生命力，還是輕寫作更有生命力？

3. 在藝術風險面前，一個作家是要主動迎接重寫作，還是要清醒自覺地滑向輕寫作？

還有很多問題可以提出來，但在上述的作家作品中，屠格涅夫寫作的光輝日漸所暗，而杜斯妥也夫斯基則似乎光耀明日，這不是重寫作和輕寫作的問題。而是兩種重寫作的問題。是彼此在重寫作中如何面對時代和人物及人的

靈魂的問題。然而，把魯迅和沈從文，張愛玲放在一起時，卻多少有着輕與重的問題了。或者説，重的當然是重，而輕者則是在輕重之間滑向着重。比如沈從文最為名揚天下的《邊城》，張愛玲的《紅玫瑰與白玫瑰》，還有今天被中國作家和論者備加推之的沈從文的關門弟子汪曾祺的寫作，比起魯迅的寫作，還是有着較多的「輕」。而這些「輕」，不同樣日復一日地在作品生命的河流中遠行和揚帆嗎？但這並不等於輕寫作的藝術生命就必然久長於重寫作，而重寫作就必然是一時繁鬧，而終將沉寂。我們不能因為直到今天還有更多的讀者熱愛瑪格麗特・米切爾的《飄》（*Gone with the Wind*），而冷於福克納的《聲音與憤怒》（*The Sound and the Fury*），就説米切爾的輕寫作就比福克納純藝術探求的重寫作更有價值和生命力。重寫作藝術生命的風險，不源於重寫作，而源於怎樣重寫作。魯迅是重寫作，蕭紅是重寫作，沈從文和張愛玲今天的備受喜愛，也恰恰是因為他們在「輕」中對人、人性、情感、命運和小説藝術之本身的那些「重」。雨果的偉大，正在於他對所處大時代的關切和對大時代中卑微人的大愛。將《孤星淚》、《鐘樓駝俠》和《九三年》這三部巨著放在一起回味和品讀，是可以品讀出在《孤星淚》中，偉大的雨果是怎樣穿越那個大時代而去對人和人的命運傾情關愛的，

而在《九三年》中，他對所處時代的理解和展示，在今天看來，是多於了對人的理解與愛的。

所以，把《孤星淚》和《九三年》放在一起，只允許你挑選一本放在床頭時，人們大都會把《孤星淚》放在床頭吧。

屠格涅夫是偉大的，托爾斯泰是偉大的，雨果是偉大的，巴爾札克，狄更斯，托馬斯‧曼（Paul Mann）和更遠的奧斯汀及夏洛蒂‧勃朗特（Charlotte Brontë）、艾米麗‧勃朗特（Emily Brontë），還有美國作家托斯夫人、馬克‧吐溫、傑克‧倫敦、德萊賽等等，他們都是偉大的。因為他們誰都沒有回避他們所處時代和時代矛盾的尖銳性，他們又都給我們要面對時代的風雨時，留下了可資借鑒的經驗和教訓。他們的作品，給中國作家面對蓬勃、動盪、豐富、荒謬而風雨飄搖的中國現實寫作時，提供了前行的路標和燈塔。在那路標和燈塔的牌座上，刻寫着翻車、沉船的教訓，和前行者要注意的事項與箭標。

現代性的風險

在談論重寫作時，我們更多地在談論作家所處的時代和作家及他寫作的三者間的關係。而我們談論的那些作家和作品，也多是十八、十九世紀的作家和作品。這是否就

是說二十世紀的作家和作品在寫作中，我們說的傳統意義的重寫作發生了變化和轉移？是這樣，發生了巨大的變化和轉移。在重寫作中無法繞筆的作家所處的時代、社會、現實等，在二十世紀偉大的作家面前發生轉移了，那個直切的面對，在作家們的筆下發生變化了。從卡夫卡到貝克特，從普魯斯特到卡繆，從喬伊斯到伍爾夫，從上世紀中期的美國文學，到之後的拉美文學，我們至少可以大致把這種轉移和變化分為以下幾種狀況。

一是絕然和捨棄。有人認為卡夫卡的寫作是把他所處時代有意的寓意，但也可以認為，是有意的捨棄和省略。這在《變形記》和《城堡》中，是那樣的鮮明，就是在《審判》中，無不透出社會的使然和現實的必然，那怕是寫作本身不能絕然剝離現實生活在故事中的浸淫和透露，也還不能說，作家是怎樣的迎接了時代之尖銳。之後，無論是貝克特還是卡繆，都在他們的寫作中處理人和現實社會的關係時，採用着卡夫卡的「縮減」、「省略」和「變異」。這也就是之後作家們在不得不面對社會、世界的荒誕和複雜時，所使用的與十八、十九世紀完全不同的「時代異變」法。

「變異」，是二十世紀的作家在處理作家、人物和時代三者關係時最為鮮明的特色。它把作家的筆，從過往小說中無法擺脫的時代與社會現實的筆墨官司中解放出來

了。在十九世紀的偉大作品中，每一個作家都是人物和社會官司的法官和律師，這雙重的身份，讓作家疲憊不堪，扭曲痛苦。作家大量的筆墨，不得不落在時代和人物的關係上。要理清這種關係，作家就要在這種關係中發出法官辨析的判斷和律師為人物的辯解的雙重聲音。站在社會面前，作家是個法官；站在人物面前，作家又是律師。這就是一個偉大作家的豐富性和複雜性，也是那種偉大作品和作家讓我們真正的敬仰之處。但到了二十世紀的文學，現代性簡化了作家的身份。「讓文學回歸文學」，其實是讓作家在作品中回歸作家，這也就是二十世紀更為注重「怎麼寫」的根本原因。「時代」在小說中的份額被縮減了，表現「時代、社會」的方法「變異」了，不再是那種藐視公平、公正、全面的展示和分析，像法官要讓起訴方和被告方都必須事無巨細地展示所有證據樣。文學不在以恢復故事（案例）的全部過程為己任，法官和律師的角色，在作家身上盡可能地歸位為「作家」之本身。所以，那些必須在故事中存在的社會、時代和人人（讀者）都可身同感受的生活，便在「現代性」中簡略了，變異了，成為了新的、現代的寫作和表現。

「變異」，改變的不僅是小說中的時代和現實，也在改變着小說中的人物。是因為人物的變異而變異了小說中的時代，還是因為小說時代的變異，從而變異了文學中的人

物，這是每個作家的不同，也是全部作品的不同。但無論如何，「變異」成了二十世紀文學的主旋律，而小說中此前必不可少的時代、社會的廣闊和複雜，在現代小說中就被「省略」（不是忽略）和「寓言」了。

大體情況是這樣，二十世紀的長篇小說多都比十九、十八世紀寫得短，這是不爭的事實。此前，大家都說這是作家面對快節奏的工業和科技生活到來的有意而為之。這麼說，它就是作家向生活節奏的一種投機了。其實，這種判斷是一個錯誤。真正的作家是不為讀者去想的。他只想文學本身和他的內心。是因為他對文學本身的才華、探求、貢獻和來自他內心對人、人物的感受的深廣、厚愛的博雜和讀者相遇之後，他才成為了一個好作家。而那些一開始就想着讀者的作家們，他想的不是讀者的心，他想的是讀者的快感和市場。而當好作家只想着文學本身和他的內心時，因為最早在寫作中的角色 —— 時代與人物糾葛的法官、律師的雙重身份不在了，讓作家更為「作家」了，小說故事中的「時代性」，人物身上的「時代性」、一切現實、社會都在敍述中簡略了，變異了。所以，故事也就變短了。作家不在承擔法官和律師的雙重身份了，自然也就沒有那麼多的話要在敍述、囉嗦了。

基於上述兩種情況，現代寫作中對時代和社會現實的省略和變異 —— 回到中國文學中來，中國作家要面對的情

況是，中國人在中國現實中，無法如西方一樣可以使「人」與「社會」脫離開來而獨立生存和生活。中國人幾乎人人都不是獨立的「這一個」，而是被國家、社會、制度和非制度的「大社會」中混雜的不可分割的粒狀結晶體。這個結晶體，就是今天中國的時代和社會，無論他多麼風雨飄搖、矛盾重重，哪怕明天、後天要分崩離析樣，但今天，因為它的政治專制，經濟開放，有制度的非制度，有法律的非法律，有公平的非公平，一個黨派的非黨性，從而使這個社會的時代變得荒謬到不可思議，而又把所有人捆綁「結晶」到似乎不可分離的整體性，這也就使得作家不能一味或整體把時代和文學分開來。時代不允許作家「避重就輕」。所有的寫作都放棄某種「重寫作」是有問題的。在中國社會還遠沒有從封建專制和社會主義專制中解放出來前，作家如何把世界文學的現代性與中國時代的現實性完美的結合和創造，就成了中國作家在寫作中必須用實踐回答的問題了。

對於今天中國所處的時代，沿襲十九世紀那樣「重寫作」的經驗是陳舊的、危險的，而橫抄西方歐美在二十世紀寫作中「變異」的經驗也是陳舊的、風險的。因為中國今天的時代，既非西方民主的現代社會，也非早期社會主義時期的新封建社會。時代的扭曲與變異，足以讓作家獲得一種新的「重寫作」的可能。而這種「重寫作」的文學

性、現代性與世界性，才是中國作家寫作中需要真正面對的考驗與努力。所以，擺在中國作家面前無可逃避的「重寫作」，它的風險不僅來自政治、還來自藝術，更來自於現代化的藝術，或說來之於文學東方現代性的藝術嘗試、努力和完成。

2018 年初